SUNNYDALE PARK

BUFFY CONTRE LES VAMPIRES
AU FLEUVE NOIR

YVONNE NAVARRO

SUNNYDALE PARK

D'après la série télévisée créée par Joss Whedon

Titre original :
SUNNYDALE HIGH YEARBOOK

Fleuve Noir

Titre original :
Paleo

Traduit de l'américain par
Anne-Virginie Tarall

Collection dirigée par
Patrice Duvic

Le Code de la propriété intellectuelle n'autorisant, aux termes de l'article
L. 122-5, 2 et 3 a), d'une part, que « les copies ou reproductions stricte-
ment réservées à l'usage privé du copiste et non destinées à une utilisation
collective » et, d'autre part, que les analyses et les courtes citations dans
un but d'exemple ou d'illustration, « toute représentation ou reproduction
intégrale ou partielle, faite sans le consentement de l'auteur ou de ses
ayants droit ou ayants cause, est illicite » (art. L.122-4).
Cette représentation ou reproduction, par quelque procédé que ce soit,
constituerait donc une contrefaçon sanctionnée par les articles L.335-2 et
suivants du Code de la propriété intellectuelle.

ISBN : 2-265-07275-3

Pour Jeff Osier,
qui le premier a éveillé mon intérêt
pour les dinosaures, il y a des années.
Merci.

REMERCIEMENTS

Un livre sur les vampires et les dinosaures est vraiment très divertissant à écrire et on ne peut pas le faire sans avoir beaucoup de gens à remercier. Donc, dans le désordre, prêt... feu...

Partez !

Lisa Clancy, Howard Morhaim, Nancy Holder, Chris Golden, Jeff Osier, Don VanderSluis, Micol Ostow, John Platt, Sephera Giron, Martin Cochran, Matthew Woodring Stover (je lui ai de nouveau volé son mot) et Bob Eggleton.

PROLOGUE

— Très bien, dit Daniel Addison. Par où commen-
çons-nous ?

Evidemment, il n'obtint aucune réponse. Hormis la
poussière, des pièges à souris, des caisses oubliées
depuis des lustres dans la réserve du sous-sol – et lui-
même –, il n'y avait personne. Il se passa une main
dans les cheveux, se rappelant – trop tard – qu'elle était
pleine de crasse.

Son travail était salissant, mais moins pénible qu'il
ne l'avait craint. Il aurait pu écoper de pire quand son
supérieur, au Musée d'Histoire Naturelle de Sunnydale,
avait donné leur affectation aux étudiants diplômés. Il
semblait qu'un cœur battît encore dans la poitrine des-
séchée du professeur Rami, cette vieille chouette déca-
tie... Par exemple, il aurait pu assigner Daniel au
Département d'Herpétologie. Certains aimaient peut-
être passer leurs journées à inventorier des peaux de serpents... Mais l'intérêt qu'il portait aux reptiles le
poussait vers des spécimens autrement plus imposants.

Les caisses portant une date, il les avait rangées par
ordre chronologique. Il devait maintenant les ouvrir,
vérifier le contenu et saisir les données pertinentes
dans les fichiers informatiques. Il y en avait quarante-
cinq, les premières remontant à la fondation du musée,
soit soixante ans auparavant.

Tout ce qui était antérieur aux années soixante restait

à répertorier. Aux étudiants, donc, de se retrousser les manches et de pallier ces lacunes... A eux le sale boulot !

— *Banzai !* lança Daniel, ironique.

Muni d'un levier, il s'attaqua au couvercle de la caisse la plus vieille. Au sous-sol, il régnait une étrange atmosphère. Il y faisait plus froid qu'en haut. Les sons étaient étouffés au point d'en devenir méconnaissables. Daniel doutait de pouvoir distinguer des bruits de pas d'une chute d'objets. Bien que désorienté, il pensait être à l'arrière de l'énorme bâtiment. Mais il lui aurait fallu un plan des lieux pour en être sûr.

Le couvercle de la caisse datée 1939 céda. Une odeur de moisi s'en échappa avec une autre, inattendue : celle du papier brûlé. Pas fâché d'avoir apporté des gants – et regrettant le manque de lumière – il se mit au travail. Le professeur Rami lui avait confié un des ordinateurs portables du Département de Paléontologie. Sa tâche consistait à déballer, inventorier, puis replacer le contenu des caisses. Ennuyeux, mais pas vraiment compliqué. Et ça pouvait valoir le coup. Peut-être trouverait-il un objet oublié, ou jugé sans importance, qu'il aurait la joie de ramener à la lumière du jour.

Qu'avait-il espéré dénicher dans la première caisse ? Des comptes rendus de fouilles, des photographies et des fragments de fossiles ? En tout cas, pas ce qu'il avait sous les yeux... Perplexe, Daniel étudia les objets entassés dans la caisse. Ils avaient été endommagés par le feu. La première couche se composait de marteaux, de scies, de ciseaux, de brosses dépourvues de poils, d'une pelle sans manche, des restes d'un chapeau, de gants en cuir, d'une cantine et d'archaïques lunettes à demi fondues... Dessous, il y avait des outils de plâtrier miraculeusement épargnés par les flammes, une écritoire à pince et un sac de plâtre carbonisé couvert de suie. Contre la paroi, le jeune homme trouva une sacoche. Des documents qu'elle avait contenus, il restait des cendres.

Entre d'autres liasses de feuilles aux bords brunis par le feu, Daniel dénicha les vestiges d'une tente. Quand il les déroula, il en eut la chair de poule. Le feu avait pris à l'*intérieur* de l'abri…

Le jeune homme s'accroupit un instant et tendit une main vers la première liasse. Il coupa le fil avec son couteau puis la tria, grimaçant chaque fois qu'une page abîmée par les flammes menaçait de s'effriter sous ses doigts. Après une heure d'examen, il découvrit un nom et assez d'informations sur le propriétaire du matériel pour enlever ses gants et faire des recherches dans les dossiers du musée.

Nuriel, Gibor (Professeur). N. 1891 / M. 1939 – Département de Paléontologie. Date d'embauche : 14-2-1913. Expiration du contrat : /. Au cours de fouilles à Big Bend, Texas, le 2 juillet 1939, Gibor Nuriel fut tué par une explosion survenue sous sa tente à cause d'un réchaud à gaz défectueux. Il n'avait pas de famille. Son matériel, jugé inutilisable et sans intérêt, fut entreposé dans la réserve. Par ordre du tribunal des successions, les biens du professeur Nuriel furent vendus et les bénéfices de la vente (soit 658,00 dollars) revinrent au Musée d'Histoire Naturelle de Sunnydale.

Daniel lut en se massant la nuque. Il y avait quelque chose de… *déprimant…* dans ces faits. Le scientifique avait connu une fin horrible sans rien laisser derrière lui – ni famille, ni argent, ni découverte… Seulement un fait divers macabre. Même les résultats de ses dernières fouilles avaient été jugés « sans intérêt » par un employé de bureau.

Cet homme est mort sur le terrain, bon sang ! Il doit y avoir quelque chose « digne d'intérêt » dans ses notes. Il suffit de fouiller un peu... N'est-ce pas la vocation d'un paléontologue ?

Ses gants remis, Daniel s'agenouilla devant les trois liasses de feuilles. Il entreprit de parcourir chaque page, dont les bords étaient craquelés et tachés par l'eau et qui avait une fâcheuse tendance à se désintégrer, même manipulée avec le plus grand soin. Après quelques instants, Daniel dut l'admettre : ce qu'il lisait n'avait rien d'encourageant.

Il imaginait sans peine ce qui s'était passé. L'explosion avait dû assommer Nuriel. Puis le feu avait gagné le matériel entreposé sous la tente, pendant que le reste de l'équipe courait chercher des seaux pour faire la chaîne... D'où les traces d'eau qui rendaient illisibles les notes du professeur.

Sans grand espoir, Daniel passa à la dernière liasse. Il travaillait au musée depuis deux ans tout en suivant les cours de l'université. On lui attribuait systématiquement les tâches ingrates. Les plus glorieuses revenaient aux nouveaux diplômés. Pourtant, il était aussi intelligent – voire plus – que ces gens-là !

Eux partaient faire des fouilles l'été.

Lui rangeait et classait.

Il n'avait pas imaginé commencer ainsi sa carrière de paléontologue. Sa jeunesse ne justifiait pas tout. Il en savait autant, sinon plus, que le personnel du Département ! Alors, pourquoi était-il condamné à déplacer des caisses poussiéreuses pendant que les autres accumulaient de l'expérience sur le terrain, acquérant ainsi leurs titres de gloire ?

Ses seules lettres de noblesse ? Avoir été sélectionné par le professeur Rami pour donner une conférence sur les dinosaures au lycée de Sunnydale, le mardi suivant. Et encore, Daniel savait avoir été choisi parce qu'il y avait étudié. Intelligent comme il l'était, il méritait mieux – une mission sur le terrain, par exemple... Au moins la conférence l'éloignerait de ses travaux de nettoyage une demi-journée. Il…

— Ouh là ! s'écria-t-il. Qu'est-ce que c'est ?

Quelque chose, dans la dernière liasse, dont les coins ne s'alignaient pas… De prime abord, il n'y avait pas prêté attention – tout était tellement endommagé… En soulevant les feuillets, il découvrit un carnet relié de cuir presque déchiré en deux. La tranche était calcinée.

Super ! Le journal du professeur Nuriel !

Devait-il espérer y trouver des révélations ou l'encre serait-elle délavée ?

Daniel ouvrit le carnet.

Oui !

L'écriture de Nuriel noircissait encore beaucoup de feuilles. Le jeune homme parcourut les premières en diagonale, mais son excitation retomba vite. Presque tous les bas de page étaient effacés.

Dommage.

Il aurait sans doute beaucoup appris des observations du professeur Nuriel. Cela l'aurait aidé à faire son chemin dans un milieu surnommé le « Département des Dinosaures ». Les anciens employés du musée n'avaient pas la patience de répondre aux questions enthousiastes des jeunes. Ils ne s'intéressaient pas aux concepts nouveaux. Certaines théories de Nuriel pouvaient être farfelues, mais comment le savoir sans avoir accès à la totalité de ses écrits ?

Fasciné, Daniel oublia l'humidité et la fraîcheur du sous-sol. Même si une grande partie des observations du professeur restait illisible ou avait été démontrée depuis, elles étaient en majorité… uniques en leur genre. Nuriel avait un esprit très ouvert – une rareté chez les paléontologues de son époque. Les dernières pages surtout, rédigées comme un journal de bord, retinrent l'attention de l'étudiant. Il les lut et les relut, pas sûr de bien comprendre.

« *Mercredi, 28 juillet 1939*

J'ai fait la plus étrange découverte de ma carrière dans un endroit que les habitants de la région veulent transformer en parc national – ils l'appellent déjà le "Big Bend National Park". J'espère que ma découverte restera secrète, mais j'en doute – le comptoir de commerce créé à Lajitas ébruitera bientôt la fantastique nouvelle. L'humanité prend possession des terres les plus précieuses de notre patrimoine. On dirait comme des puces sur le dos d'un chien. Une fois les routes pavées, les gens viendront visiter la région... et détruire ce que la nature y avait si merveilleusement préservé.

« *A propos... Pendant que Jimmy et l'équipe dégageaient le fémur d'un iguanodon, je suis allé derrière la colline...* »

Comme toutes les pages, celle-ci se terminait par une sorte de test de Rorschach. Daniel reprit sa lecture à la suivante.

« *... une vieille sacoche de selle en cuir. Les textes qu'elle contient sont rédigés dans un ancien dialecte tsigane, mais j'ai pu en faire une traduction assez claire pour conclure qu'il s'agit d'un rituel. Il pose comme principe qu'une chose morte peut être ramenée à la vie. Cependant, il ne s'agit pas de ressusciter un être humain, mais un animal "tel qu'un gros lézard ou les restes pétrifiés de sa semence".*

« *Une partie du texte se réfère à la mythologie grecque. En français, voilà ce que donne l'incantation :*

« *Entendez cet appel, esprits de Ladonithia,*

Réveillez-vous et revenez des abysses pour habiter cet hôte glacé

Le premier de quatre, auxquels combiné,

Et de celui qui vous ressuscite

Exaucez le vœu. »

Le reste était illisible. Daniel tourna la page... et écarquilla les yeux.

« *J'attends que la main-d'œuvre mexicaine s'en aille. Dimanche, ces ouvriers retourneront dans leur famille et ils iront à l'église. C'est la logique, pas la curiosité, qui me pousse à tenter l'expérience. "Les restes pétrifiés de sa semence"... Est-ce une référence à un fossile ? Par ici, les occasions de s'amuser sont rares. J'ai sélectionné le squelette (hélas incomplet) d'un jeune hypsilophodon. Le réanimer ? Impossible ! Je fais ça pour m'amuser, bien sûr. Voilà pourquoi je dois me cacher afin de...* »

Plus rien. Déçu, Daniel tourna les pages suivantes, toutes vierges. Bizarre... Mais les faits s'étaient déroulés soixante ans plus tôt, sur un site de fouilles. De l'histoire ancienne...

N'empêche. Comment un homme de science comme Gibor Nuriel avait-il pu perdre son temps à de telles inepties ?

Le reste du journal étant moins endommagé, Daniel continua de le feuilleter.

Vraiment, qu'espérait gagner Nuriel à... ?

— Eh !

Une page, vers la fin, était couverte de signes.

Le son de son voir fit sursauter le jeune homme. Il avait oublié qu'il était seul. La lumière filtrant des panneaux de verre avait baissé. Les ombres s'allongeaient. S'il n'y prenait garde, il serait bientôt enfermé dans le musée... Sans avoir peur du noir, passer une nuit avec la réplique grandeur nature d'un ceratosaurus et la momie d'une princesse inca ne lui disait rien qui vaille.

Daniel se pencha sur le journal. C'était toujours l'écriture de Nuriel, mais à peine lisible tant il avait dû rédiger ces mots dans l'urgence.

« *Quelle terrible erreur de jugement ! Je n'aurais jamais dû lire cette incantation à voix haute ! Je croyais* à une plaisanterie, mais c'est moi le pauvre fou... Un *hypsilophodon* vivant... Mon Dieu, qui l'aurait cru ? Comment aurais-je pu deviner ? Il lui manque la moitié de la colonne vertébrale, deux membres et une partie du crâne – pourtant il s'agite et crie... D'une certaine façon, il a été réanimé. J'ignore s'il souffre ou s'il est... démoniaque. Je penche pour cette deuxième hypothèse, car il "parle" dans ma tête, m'ordonnant de continuer mon œuvre. Que Dieu me pardonne, je n'aurai pas la force... Qu'ai-je fait ? Pour me sauver et sauver le monde, je dois dét... »

C'était tout. Daniel feuilleta en vain le journal jusqu'au bout. Il passa en revue ce qui subsistait des dossiers de Nuriel, sans trouver de référence à ce qu'il avait confié à son carnet. Que s'était-il passé ? Le professeur avait-il été victime d'une insolation ? L'été, au Texas, pouvait être redoutable. En 1939, on ne connaissait pas les climatiseurs... Pourtant, c'était trop détaillé pour qu'il s'agisse de simples divagations. Y avait-il une part de vérité dans ces allégations ?

Daniel consulta sa montre et se leva. Il était temps de ranger. Grâce au journal de Nuriel, sa tâche avait été moins ingrate que d'ordinaire... A la réflexion, s'il emportait le journal pour le relire à tête reposée, qui s'en apercevrait ? Depuis des lustres, personne ne s'était soucié de cette caisse. Les « costumes-cravates » – les professeurs et les administrateurs du musée – se moquaient éperdument des états d'âme de leurs sous-fifres. Ils voulaient seulement qu'ils fassent le sale boulot, histoire de récolter le fruit de leur labeur.

Eh bien, je ne suis pas si bête !

Alors qu'il s'essuyait les mains et fourrait le carnet dans son sac à dos, Daniel se dit que Sunnydale était une ville plutôt étrange. Sa première impulsion ? Penser que le professeur aurait dû ignorer ce qu'il avait découvert... Mais le jeune homme avait changé d'avis.

L'incantation mise à jour par Gibor Nuriel avait dû sembler extravagante aux habitants de Big Bend, Texas, en 1939. Mais ici ? A Sunnydale, il y avait quelque chose d'un peu… à part. En était-il déjà ainsi à la fin des années trente ? Après tout, Nuriel était originaire de la ville.

Au contraire de ses amis, Daniel n'avait pas toujours vécu à Sunnydale. De son point de vue, ce n'était pas plus mal. Les disparitions s'y succédaient à un rythme effrayant… Un fléau dont seul un étranger semblait pouvoir s'apercevoir… Il ignorait ce qui l'étonnait le plus, la bizarrerie de cette ville ou constater que ses habitants trouvaient normaux les disparitions et les phénomènes étranges qui survenaient sous leurs yeux ?

Daniel rangea les objets qu'il avait déballés. Il finirait de les cataloguer le lendemain. Il était tard et il avait faim. En plus de ses préoccupations habituelles, il avait maintenant un nouveau sujet de réflexion.

Traverser le musée désert lui rappela à quel point il avait eu du mal à s'y faire une place somme toute médiocre. Tout n'était que basse politique – une réalité qui l'avait beaucoup surpris. Pour être admis dans l'élite, on devait avoir de l'ancienneté, connaître les gens qu'il fallait ou publier des articles farcis d'emprunts et reprenant des faits mille fois rabâchés. Qui aurait eu envie de passer son temps vissé à un ordinateur, à taper des pages que personne n'aurait envie de lire ?

Pas lui !

Dehors, une belle soirée printanière commençait. Daniel aurait mieux fait d'avoir rendez-vous avec une fille plutôt qu'avec ses cahiers… Ou il aurait pu se préparer aux fouilles d'été, à Dinosaur Cove, en Australie… Comme s'il avait une chance d'y aller ! Il savait identifier les dinosaures, faire des croquis et creuser. Mais avec la politique du musée, il serait aussi vieux que Nuriel avant d'avoir le droit de *nettoyer* une des découvertes rapportées au musée. Aux yeux de ses supérieurs et des « costumes-cravates », il faisait partie du personnel d'entretien.

L'incantation glanée dans le journal de Nuriel l'aiderait-elle à changer de statut ? Il se rappelait les deux dernières lignes :

> *Et exauce de celui qui te ressuscite*
> *Un simple vœu.*

Ça méritait réflexion, non ?

CHAPITRE PREMIER

Voyons, pensa Buffy Summers, *où serais-je le mieux ? Dans le noir, près de cette pierre tombale fissurée, couverte de mousse et d'un truc que je préfère ne pas identifier, ou…*

Une brindille craqua.

La Tueuse pivota, un pieu en bois dans la main droite.

Personne.

Sourcils froncés, elle ne baissa surtout pas sa garde. Un oiseau ? Un raton laveur ? Un chat… ? Ou un buveur de sang désireux de faire de la jeune fille son snack de minuit ?

Autant en finir, dans ce cas, qu'elle puisse lui régler son compte et rentrer chez elle… On était dimanche soir. Les bonnes gens, les enfants et les monstres auraient dû être enfermés pour le Sabbat… ou quelque chose comme ça.

Elle entendit un autre *crac !* Les haies qui séparaient deux sections du cimetière n'étouffèrent pas tout à fait le bruit insolite.

Ami ou ennemi ?

Ennemi !

D'instinct, Buffy fit un saut périlleux sur sa gauche. Elle se retourna dans les airs pour atterrir face à…

… La créature qui venait de surgir là où elle se tenait une seconde plus tôt.

Une fillette ! Agée de sept ou huit ans, vêtue d'une robe blanche en dentelle ornée de rubans et de minuscules roses en satin, elle avait des cheveux roux coiffés en ce qui avaient dû être deux tresses parfaites. Maintenant, elles étaient couvertes de terreau, de feuilles mortes et de brins d'herbe… On avait mis l'enfant en terre dans cette tenue.

Zut…

— D'accord…, lâcha Buffy.

Les enfants vampires écoutaient-ils la voix de la raison davantage que leurs aînés ?

— Je peux employer la manière douce… ou la forte. A toi de voir.

Le front bombé, les yeux jaune brillant, la fillette sourit, dévoilant ses canines blanches et pointues. Elle avança d'un pas. Buffy se raidit…

… et glapit de surprise quand on la saisit par les épaules.

Une haleine fétide lui chatouilla les narines – elle *détestait* ça. Un deuxième vampire, adulte celui-là, voulut la mordre dans le cou. La Tueuse inclina les épaules en donnant simultanément un coup de tête en arrière. La créature la lâcha.

La fillette voulut se jeter sur Buffy, qui l'écarta aussi aisément qu'un insecte. Le vampire adulte revint à la charge ; la Tueuse plongea sous ses bras tendus, se redressa en pivotant sur elle-même et lui planta son pieu dans le dos. L'arme trouva le cœur de la créature, qui tomba en poussière.

Une de moins, pensa Buffy. *Une demi-portion à…*

— Eh ! Où es-tu passée ?

Elle sonda les alentours. L'enfant morte-vivante s'était tapie derrière une pierre tombale. Même couverte de saletés, passer inaperçue avec une robe blanche dans un cimetière, à minuit, n'était pas facile. En deux secondes, Buffy franchit la distance qui la séparait de la gamine et la tira de sa cachette. Elle essaya de l'embrocher. Mais la taille et la souplesse de l'enfant vampire ne lui facilitaient pas la tâche. Au terme d'une lutte acharnée, la Tueuse réussit à clouer son adversaire au sol de la main gauche et leva son pieu.

— Il est l'heure de dormir...

— Je ne veux pas ! gémit la petite. Il y a le monstre...

Buffy voulut lui expliquer que c'était *elle*, le monstre, mais elle se ravisa. La pauvre allait mourir pour la seconde fois...

La gamine faillit la désarçonner, tant elle se débattait.

— Reste tranquille, qu'on en finisse ! rugit Buffy.

— Non ! cria la fillette d'une voix stridente. Je veux rester *éveillée* !

La Tueuse la plaqua au sol. Assez de simagrées. Elle abattait son pieu quand elle entendit les dernières paroles de l'enfant. Pour tout l'or du monde, elle n'aurait pas pu retenir son coup.

— Tu verras ! Il se réveillera...

La gamine explosa.

Contrariée, Buffy regarda le pathétique tas de poussière brunâtre qui, une seconde plus tôt, était encore une créature désireuse de lui dire quelque chose.

— *Qui* va se réveiller ?

Comme si la poussière pouvait parler...

La Tueuse se releva en surveillant les ombres. Elle brandit son pieu quand une silhouette s'en détacha, puis se détendit en reconnaissant Angel. Le vampire avança, la peau aussi pâle que les rayons de lune. Les vêtements, les cheveux et les yeux noirs, il était si beau qu'elle en eut le cœur serré.

— Mieux vaut tard que jamais ! fit-elle, acide.

Elle espérait ne pas avoir de poussière dans les cheveux.

Angel resta calme.

— Tu te débrouillais très bien toute seule.

25

Ils se regardèrent. Puis Buffy se força à détourner les yeux. *Tout*, plutôt que se jeter dans ses bras…

— As-tu entendu ce qu'a dit la fillette avant que je l'embroche ? Elle a parlé d'un monstre qui allait se réveiller…

Angel haussa les épaules.

— Dans la bouche d'une enfant, ça peut vouloir dire n'importe quoi.

Mais au ton de sa voix, la Tueuse tressaillit.

— Tu n'avoues pas tout ce que tu sais…

— Je ne sais pas tout. J'ai entendu des rumeurs. Rien de précis.

— Et que racontaient-elles ?

— C'est le problème. Il pourrait s'agir d'une nouvelle prophétie ou de l'alignement des planètes… Comment savoir ? Il y a… de l'anxiété dans l'air… Quelque chose se trame.

Buffy réfléchit.

— Quelque chose se trame, répéta-t-elle à voix basse, ou…

Elle jeta un coup d'œil au tas de poussière dispersé par le vent nocturne.

— Ou quelque chose se *réveille*…

CHAPITRE II

Dans la bâtisse presque centenaire, les fenêtres du Département de Sciences Naturelles étaient surmontées de moulures en éventail noircies par une épaisse couche de cire, et des rebords assez larges pour servir d'étagère. On y exposait des moulages en plâtre d'os, de vrais morceaux de vertèbres de dinosaures et une dent datant du Jurassique.

Le soleil entrait à flots dans la salle, suppléant au chauffage d'ordinaire insuffisant en cette saison. Des grains de poussière planaient paresseusement dans les rayons qui venaient frapper les vitrines, au fond de la salle. La plus à gauche, où on pouvait admirer l'exposition de paléontologie qu'il avait montée, était sa préférée. Il y avait…

Êtes-vous avec nous, monsieur Sanderson ?

Attends… Ce n'est pas la bonne salle de cours.

Kevin Sanderson grimaça sous le regard moqueur des autres élèves.

Il répondit à son professeur, M. Régis.

— Désolé.

Il baissa les yeux sur le livre ouvert sur son pupitre et tenta de se concentrer. Comme tout cela l'ennuyait ! Il avait dépassé le niveau de l'enseignement dispensé ici. Rien ne soutenait la comparaison avec ce qu'il faisait au lycée de Chicago. Les bâtiments eux-mêmes n'avaient aucun caractère comparés à ceux de l'Université de

Chicago où il avait suivi des cours, passant des heures à étudier des échantillons. Le style espagnol du lycée de Sunnydale, avec ses arches, ses palmiers et sa cour ensoleillée, était plutôt agréable. Mais il n'y puisait aucune inspiration.

Kevin sentit qu'on l'observait. Levant les yeux, il vit qu'il s'agissait d'Oz. Il se souvenait du jeune homme, trouvant son surnom très cool. Et Oz avait un je ne sais quoi de… Comme pour le confirmer, l'autre garçon posa son regard impassible sur lui avant de détourner les yeux.

Kevin se tassa sur sa chaise. Comment engager la conversation ? Il avait besoin de se faire des amis. Mais Oz n'était sans doute pas intéressé. Il l'avait remarqué avec ses camarades, dans les couloirs… Après tout, la démarche d'un paléontologue n'était pas sans rappeler celle d'un détective.

Dans le cercle du garçon aux cheveux en bataille figurait Willow, sa petite amie – assise à côté de lui. La jeune fille rousse avait un doux sourire et une beauté sereine qui ne laissaient pas Kevin indifférent. Il y avait aussi Alex, dont l'humour noir le mettait mal à l'aise – peut-être parce qu'il lui rappelait ce qu'il ressentait depuis son arrivée à Sunnydale. Enfin, il y avait Buffy Summers, l'archétype de la lycéenne californienne : blonde, plutôt jolie et victime de la mode. Mais les apparences étaient trompeuses, puisque tout le monde semblait la respecter. Selon les rumeurs, elle sortait avec un type plus âgé à qui personne ne cherchait des noises.

C'était le quatuor de base. Il arrivait parfois que Cordélia Chase se mêle à la petite bande. Elle appartenait à la bonne société, avait de l'argent… et ne se gênait pas pour le montrer.

M. Régis s'était lancé dans un monologue assommant – sur les marsupiaux ou quelque chose dans le genre. Kevin jeta un énième coup d'œil à l'horloge. Il restait quinze minutes avant la sonnerie… Une éternité ! Comment en était-il arrivé à se traîner ainsi d'un cours à l'autre ? Ses parents avaient-ils pensé à son avenir en décidant de déménager en Californie ? Entendu, l'état de santé de son père était préoccupant… Mais n'aurait-il pas pu se contenter de démissionner de l'Université de Chicago ? Et si le climat de cette ville ne lui convenait plus, pourquoi n'avait-il pas permis à Kevin de rester chez son oncle ?

Encore une année de lycée et j'avais mon diplô…

— Monsieur Sanderson.

M. Régis interrompant le cours de ses réflexions, Kevin fut de nouveau le point de mire de la classe.

Zut…

— Désolé. Je n'ai pas entendu la question…

— Voudriez-vous vous lever pour nous parler de l'évolution des mammifères ?

Kevin s'exécuta sous le regard indifférent de ses condisciples. Un seul d'entre eux suivait-il le cours ? Pourquoi Régis s'en prenait-il à lui ?

Kevin s'éclaircit la gorge.

— Les mammifères descendent des reptiles du Triasique, il y a deux cents millions d'années.

Le professeur attendit qu'il continue.

— On considère que les artiodactyles – les vaches et les moutons – sont les herbivores les plus évolués, à cause de leur système digestif. Les carnivores, comme les lions et les ours, sont la quintessence des mammifères mangeurs de viande.

— Ouais, fit une camarade au fond de la classe. C'est comme nous, les hommes.

— Les hommes sont des primates, rappela Kevin, pas des carnivores.

Une fille à l'air hautain se tourna vers son voisin et commenta :

— Je *savais* que tu avais tout du singe.

La classe éclata de rire. Kevin sourit malgré lui.

M. Régis secoua la tête.

— Merci, monsieur Sanderson.

Il frappa dans ses mains pour ramener le calme.

— La récréation est terminée, nous avons un cours à finir.

Kevin se rassit. Quelqu'un lui flanqua une tape dans le dos. Oz se pencha vers lui.

— Bien joué. Sanderson, un ; Régis, zéro.

— Je n'essaie pas de faire un concours.

— Pourtant, ça y ressemblait vachement…

Oz avait marqué un point… Kevin avait étalé ses connaissances avec l'espoir que Régis lui ficherait la paix. Mais ce petit jeu était à double tranchant : si certains professeurs ne sollicitaient plus les bons élèves dès qu'ils étaient sûrs que le sujet était assimilé, d'autres leur demandaient de participer sans cesse.

Kevin voulait être reconnu – mais pas parce qu'il avait la réponse aux questions que ses camarades jugeaient ennuyeuses. Hélas, sa passion pour la paléontologie n'était partagée par personne au lycée de Sunnydale. A Chicago, sa queue-de-cheval, ses boucles d'oreilles, le hâle que lui donnaient ses fouilles au grand air avec les étudiants de l'université et les deux vélociraptors tatoués sur son bras droit le distinguaient de la masse. Les garçons le trouvaient cool. Quant aux filles, elles voyaient en lui un grand type blond sexy.

En Californie, être bronzé, avoir les cheveux longs, des boucles d'oreilles et des tatouages était presque une seconde nature.

A Chicago, il était très occupé, même pendant l'année scolaire. En octobre dernier, n'avait-il pas participé au marathon de son idole, le professeur Paul Sereno, organisé pour récolter les fonds nécessaires à la reconstitution du squelette d'un sauropode vieux de cent trente millions d'années ? Le professeur l'avait rapporté du Sahara. A Sunnydale, rien n'aurait pu rivaliser avec ça !

— Demain, conclut M. Régis, nous aurons la visite d'un conférencier du Musée d'Histoire Naturelle.

La sonnerie retentit ; les élèves se levèrent et ramassèrent leurs livres.

— Il s'appelle Daniel Addison, continua M. Régis en élevant la voix pour se faire entendre. Il appartient au Département de Paléontologie, alors venez armés de vos questions sur les dinosaures !

Kevin sourit en sortant. Il était heureux pour la première fois depuis son arrivée – une « courte » semaine qui lui semblait avoir commencé au Crétacé, soit quelque cent quarante-quatre millions d'années plus tôt.

En dehors des palmiers et du soleil sur lesquels sa mère s'extasiait stupidement, cette ville avait enfin quelque chose à lui offrir !

CHAPITRE III

Où serons-nous dans dix ans ?

Buffy ferma son livre d'histoire et se leva. Etre assise dans la cour du lycée, par un bel après-midi ensoleillé, pouvait inspirer les questions les plus inattendues. D'évidence, elle aurait préféré faire le vide dans sa tête. Etant la Tueuse – l'Elue, celle qui devait combattre les vampires et empêcher la prolifération du mal –, elle estimait avoir assez de sujets de réflexion comme ça. Beaucoup trop, même, pour toute adolescente qui se respecte… Car si on ajoutait la géométrie, la littérature et les conflits politiques sous-tendant la bataille de Hastings, elle frôlait la surcharge.

Pourquoi ne pouvait-elle se contenter de penser maquillage, chaussures et fringues ? Ou encore de s'extasier sur les prochaines sorties ciné ? Aller voir une comédie romantique lui ferait le plus grand bien.

Penser à l'école et à l'avenir n'avait rien de réjouissant. Sunnydale se situait sur la Bouche de l'Enfer, un portail qui vomissait toutes sortes de créatures démoniaques. Même si – Buffy le savait – ce seuil existait depuis des centaines, voire des milliers d'années, par moments, elle aurait juré qu'il avait été créé pour lui rendre la vie impossible. Comment ne pas le prendre personnellement quand on se retrouvait bombardée Tueuse, avec tous les avantages que cela comportait – embrocher des vampires, tuer des démons, et… tomber amoureuse d'un homme âgé de deux cent cinquante ans ?

La litanie – « *Depuis que les vampires existent, il y a toujours eu une Tueuse, une fille dans le monde…* » – avait une fâcheuse tendance à lui sortir par les yeux.

Mais elle était ce qu'elle était. Elle avait beau lutter, parfois avec une fougue qui frôlait l'hystérie, au plus profond d'elle-même, Buffy *savait* qui elle était et ce que cela signifiait. Peu importait ce que demain, la semaine ou l'année suivante apporteraient : elle était la Tueuse. Elle tuerait.

A condition qu'*elle* reste en vie.

Buffy ne savait pas grand-chose de celles qui l'avaient précédée – à part qu'elles étaient mortes. Toutes, y compris Kendra, « rappelée » à la suite de son décès – temporaire. Peut-être Buffy serait-elle plus chanceuse ?

Ses amis lui prêtaient main-forte depuis son premier jour au lycée de Sunnydale. Ils lui avaient sauvé la vie une dizaine de fois. Elle leur avait rendu la pareille puissance dix.

Willow était sa meilleure amie et sa confidente, une âme sœur à qui confier tout ce qu'elle devait cacher aux autres… D'accord, il y avait eu des exceptions – comme quand Angel était revenu de l'enfer… Mais Willow aussi avait ses secrets. Parfois, Buffy aurait juré que son amie ne lui disait pas tout. Quoi de plus normal, au fond ?

Chaque chose en son temps.

Willow avait trouvé le parfait petit ami en la personne d'Oz, le guitariste décontracté d'un groupe local, les Dingoes Ate My Baby. Lui aussi avait un lourd secret.

Puis il y avait Alex. Comme Willow, il avait grandi à Sunnydale. En dépit de la loufoquerie du garçon, Buffy en était certaine : sans eux, elle aurait été de la chair à vampire depuis longtemps. Et elle n'oublierait jamais… Alex lui avait fait du bouche-à-bouche quand elle avait failli périr après s'être battue contre un très vieux vampire, le Maître. Cette quasi-noyade avait fait accéder Kendra au rang de Tueuse.

Libre d'esprit, sarcastique, cherchant toujours la facilité… C'était Alex ! Même si Buffy se faisait l'effet d'une traîtresse en pensant cela, il aurait eu besoin d'être repris en main par ses parents. Qu'ils lui remontent un peu les bretelles ne lui ferait pas de mal !

L'avenir. Ce jour-là, pour une raison inconnue, ce concept la travaillait alors qu'elle n'avait qu'une envie : l'écrabouiller comme le moucheron mental qu'il était. Si elle appliquait la question à ses amis, les réponses étaient évidentes. Willow et Oz étaient très intelligents. Willow avait toutes les chances de devenir une grande scientifique ou l'équivalent féminin de Bill Gates – en plus sympa. Quant à Oz… Si énigmatique, la fibre artistique… C'était un cas plus difficile à cerner. Des Journées d'Orientation, il était sorti que seuls Willow et lui seraient capables d'entreprendre une carrière informatique. Mais Oz le décontracté semblait préférer les contrats qu'il décrochait avec son groupe à la possibilité d'une carrière en costume cravate.

Alex… c'était Alex. Avec un peu de chance, il se débrouillerait bien dans la vie. Quant à Cordélia. La beauté combinée à un manque navrant de jugeote avait lancé bien des jeunes femmes sur la voie de la célébrité. Avec une confiance en soi à toute épreuve, Cordélia semblait aussi avoir un destin tout tracé.

Avoir des amis était un avantage. Mais il y avait des différences *fondamentales* entre eux et Buffy. A commencer par la force physique. En ajoutant à ça l'agilité, la rapidité, le peu d'heures de sommeil suffisant à la Tueuse et des sens affûtés capables de repérer ce qui se tapissait dans l'ombre, l'évidence s'imposait.

Elle était… la Tueuse…

Ses amis… n'étaient que ses amis.

Buffy lissa sa jupe, toujours émerveillée de ressembler autant aux adolescentes normales. A propos... Ce serait bientôt le cours d'histoire. Si le professeur se décidait pour une interrogation surprise sur Hastings, elle était perdue... Elle se souvenait de l'année – 1066 –, qui évoquait curieusement un formulaire administratif. Toujours d'après les résultats des Journées d'Orientation, Buffy devrait faire carrière dans la police. Alors pourquoi s'embêter à étudier la vie du duc de Normandie ?

— Salut.

Elle sourit à Oz, qui s'assit sur le banc à côté d'elle.

— Salut.

Le jeune homme arrivait à point nommé pour la distraire... Si Cordélia Chase s'était présentée, Buffy n'aurait pas vu les choses sous le même angle. Mais la chance lui souriait ; la reine Cordy n'était pas dans les parages.

— Quoi de neuf ?

La jeune fille jeta un coup d'œil à son livre. La bataille de Hastings. La reine Cordy... Tout cela ne l'intéressait guère.

Oz haussa les épaules.

— Pas grand-chose. Devon et moi avons pris rendez-vous avec un impresario.

Buffy écarquilla les yeux.

— *Pas grand-chose ?* Oz, c'est... L'as-tu dit à Willow ?

— Pour l'instant, il n'y a rien de spécial...

— Au contraire ! De qui est-il l'impresario ? Aurez-vous des contrats à Los Angeles ? A-t-il fait signer un de ses groupes avec une grande maison de disque ?

— Pas « il », mais « elle », précisa Oz. Quant au reste, je n'en sais rien.

Déçue, Buffy se tassa sur son siège.

— Oh. Quand aura lieu le grand pow-wow ?

— Vendredi soir. Nous jouerons au *Bronze* et nous en parlerons pendant une pause.

Le regard d'Oz survola Buffy. Si son expression resta impassible, la lueur qui s'alluma dans ses yeux verts prévint la jeune fille que Willow arrivait.

— Salut ! lança celle-ci.

Oz lui fit de la place sur le banc.

— Qui doit venir au *Bronze* ?

— Une femme qui pourrait devenir notre impresario, répondit le garçon.

Buffy sourit devant l'expression ravie de son amie. Willow portait une robe chasuble à rayures rouges et violettes qui aurait dû jurer avec la chemise de bowling verte du musicien. Malgré cela, les deux jeunes gens se complétaient à la perfection.

— Génial ! s'écria Willow. L'occasion pour les Dingoes de percer, de faire un pas vers la gloire et la fortune…

Elle se tut, l'air mal assuré.

— Ça l'est, non ? Pour vous, je veux dire.

Oz hocha sagement la tête.

— Ça pourrait l'être.

Willow retrouva le sourire.

— Super ! Bien sûr, nous serons tous là… (Elle jeta un coup d'œil à Buffy, qui hocha la tête.) Pour vous soutenir. Par amitié… Et tout.

Buffy reprit son livre.

Avant qu'Oz puisse répondre, la cloche sonna. On eût dit qu'un interrupteur cosmique était soudain activé : les lycéens bondirent sur leurs pieds et s'égayèrent dans toutes les directions.

Oz et Willow les imitèrent sans précipitation inutile. Buffy se « hâta lentement », l'heure de son rendez-vous avec la bataille de Hastings ayant sonné.

— Dépêchez-vous ! lança Alex. Vous ne voudriez pas être en retard !

— Pourquoi es-tu si pressé de retourner en cours ? demanda Buffy quand ils l'eurent rejoint.

— Il doit avoir de la fièvre, fit Oz.

— Pas du tout, répondit Alex avec un sourire en coin. J'ai une faim de connaissance, une soif inextinguible de…

Il sursauta quand Cordélia lui arracha son agenda. La jeune fille lui jeta un regard noir avant de consulter l'emploi du temps froissé qu'elle trouva coincé sous la couverture.

— « L'appareil reproducteur féminin ».

L'expression d'Oz ne changea pas.

— C'est ce que je disais.

Buffy gloussa.

— Pourquoi ne suis-je pas surprise ?

— Eh ! s'indigna Alex. Je ne désire qu'une chose : apprendre. Ça pourrait avoir une grande incidence sur ma vie future.

— Tu n'es qu'un crétin ! trancha Cordélia. Comment ai-je pu me compromettre avec un type comme toi ? Je devais être folle !

— Pas du tout : je suis l'ombre qui te faisait paraître encore plus lumineuse, dit Alex.

— Tu aurais le même effet sur une flaque de boue !

— Pas très flatteur pour toi…, observa Willow.

Buffy flanqua un coup de coude à son amie. Cordélia fronça les sourcils ; Alex eut l'air surpris, mais content. Oz décida qu'il valait mieux emmener Willow en cours avant que Cordy n'ait le temps de digérer l'insulte.

— Plus tard, dit-il en entraînant sa petite amie. L'univers excitant des algorithmes nous attend.

— Eh, une minute ! protesta Cordélia. Elle…

— Faut que j'y aille ! coupa joyeusement Alex. Je ne voudrais surtout pas être absent quand Mlle Tischer devra prononcer les mots en *v* et *p*. Il est tellement drôle de la voir rougir !

Buffy resta seule avec Cordélia, qui ne pensait déjà plus à l'insulte de Willow.

— En *v* et *p* ? De quoi parle-t-il ?

Buffy soupira. Elle préférait encore le duc de Normandie…

— Pense à l'anatomie humaine. Aux parties principales.

Cordy la rattrapa puis la devança avant de réagir.

— Oh ! Les parties *du corps* humain…

Elle secoua la tête.

— Alex est vraiment stupide, parfois.

Buffy regarda Cordélia sans répondre. L'après-midi serait *très* long.

CHAPITRE IV

— Je m'en vais, maman ! cria Kevin.

Il prit son sac à dos et se dirigea vers la porte.

Il ne l'atteignit jamais.

— Attends, s'il te plaît ! lança sa mère de la salle à manger. Ton père et moi aimerions te voir avant que tu ne partes à l'école.

Pourquoi aujourd'hui ? Ses parents choisissaient le jour où le type détaché du Département de Paléontologie du Musée d'Histoire Naturelle, Daniel Addison, devait venir ! Depuis que Régis avait annoncé sa visite, Kevin ne pensait plus qu'à ça. Il voulait arriver au lycée plus tôt que d'habitude histoire d'échanger quelques mots avec Addison avant sa conférence. S'il prouvait à cet homme qu'il savait faire la différence entre un Dilophosaure et un Deinonychus, réussirait-il à décrocher une place au musée ? Ce ne serait pas pareil qu'à Chicago, mais…

— La Terre à Kevin… Entre, s'il te plaît ! lança son père.

Le jeune homme tressaillit. Le cheveu rare, décharné, son père, Bert, avait l'air vieux et fatigué. Il avait gardé sa chemise et sa veste en tweed habituelles. L'emphysème dont il souffrait prélevait un lourd tribut sur sa santé. A côté de lui, avec ses cheveux blancs soigneusement coiffés, ses bonnes joues et ses formes rebondies, la mère de Kevin paraissait en si bonne santé que c'en était indécent.

— Désolé…, balbutia Kevin en jetant un coup d'œil impatient vers la porte. Je dois… y aller !

— Au lycée ? demanda Rebecca Sanderson. On dirait que tu commences à t'habituer. T'es-tu fais de nouveaux amis ?

Kevin ravala une riposte cinglante. A quoi bon ? Ses plaintes ne changeraient rien. Ils avaient déménagé. Il avait changé d'école et de vie. Point barre. Essayer de culpabiliser ses parents ne servirait à rien, à part les rendre malheureux… Ce qu'il se reprocherait. Sa mère voulait toujours que tout le monde soit heureux. Mais c'était une femme pratique. A cause de ses poumons ravagés par des années de tabagisme, son époux ne supportait plus les étés humides et les hivers froids de l'Illinois.

— Oui, répondit Kevin. Je… euh… me suis rapproché d'autres élèves.

A ces mots, l'expression hagarde de son père sembla s'illuminer. Du coup, Kevin se sentit mieux.

— Aujourd'hui, je voudrais parler avec un type du Département de Paléontologie du Musée d'Histoire Naturelle, ajouta-t-il en reculant vers la porte. C'est pour ça que je suis pressé.

— Quelle bonne nouvelle ! approuva Bert.

Il ferma brièvement les yeux, le temps de toussoter derrière son poing – le genre de quinte qui lui permettait de différer les plus longues.

Quand il reprit son souffle, Kevin entendit une inspiration sifflante.

— Quand ces gens du musée découvriront quel puits de science tu es, ils se prosterneront devant toi pour que tu leur ménages une place dans ton emploi du temps. Tu verras.

Une autre quinte… L'ancien professeur de mathématique s'empourpra.

— Faut vraiment que j'y aille ! rappela vivement Kevin.

Il aimait son père et détestait le voir dans cet état.

Rebecca lui redressa son col, pris sous une bretelle du sac à dos, puis posa un baiser sur sa joue.

— Alors, vas-y. Amuse-toi bien… Et bonne chance avec le type du musée !

— Merci.

Kevin ouvrit la porte, hésita, se tourna de nouveau vers ses parents… Sa mère tapotait gentiment le dos de son père, l'aidant à sa manière.

— N'oublie pas tes médicaments.

Ses parents le croyaient-ils indifférent ? Pensaient-ils qu'il ne se souciait pas d'eux ?

Le jeune homme sortit en claquant la porte. Il s'en voulut aussitôt. Sa mère le lui pardonnerait volontiers. Elle disait toujours que refuser de s'encombrer l'esprit des détails de la vie quotidienne était un signe d'intelligence.

Les détails de la vie quotidienne… Voilà ce qui l'ennuyait le plus. Par exemple, le temps… La plupart des gens devaient le trouver agréable : il était beau, ensoleillé et sec la majeure partie de l'année – ce qui convenait très bien à son père. Même en hiver, on n'avait pas besoin de manteau, surtout si on était habitué à un climat plus rigoureux. Quant à voir de la neige, cela relevait de la science-fiction. Le ciel californien n'aurait jamais osé commettre un tel outrage.

Autrement dit, pas de patin à glace, ni de bataille de boules de neige improvisée avec les copains. A Sunnydale, Kevin ne risquait pas de monter un Tyrannosaurus Rex de neige dans son jardin, ou se muscler les bras, les épaules et le dos en maniant une pelle. On voulait faire du patin à glace à Sunnydale ? Direction la patinoire. Etait-elle ouverte en toute saison ? Cela restait à voir…

Le Chicago Park District noyait les terrains de jeux sous des couches successives de glace histoire de les transformer en « lacs gelés ». Le seul risque ? Percuter un banc, et encore… C'était peu probable.

A Sunnydale tout était… *parfait*. Les pelouses bien tondues, les trottoirs propres… Les maisons de style espagnol semblaient sorties d'un catalogue immobilier. Kevin avait entendu parler d'un coin à éviter, mais bon… Ce n'était sûrement pas un coupe-gorge. La ville entière aurait tenu dans certains quartiers de Chicago où il valait mieux ne pas mettre les pieds, même en plein jour. Non, décidément, Sunnydale avait tout du paquet cadeau vide : belle à regarder… Sans plus. A part ses palmiers, ses tons d'ocre et son ensoleillement, elle n'avait rien à offrir.

A l'école, même topo. Le lycée était bourré de lycéens bronzés pétant la forme… Pas l'ombre d'un amateur de gothique. La Californie n'était-elle pas *supposée* être le vivier de l'individualisme forcené ? Kevin avait bien vu deux ou trois brutes se prendre pour des durs, mais ces caïds de pacotille faisaient pitié à voir… Décidément, il n'y avait rien d'*excitant* dans cette petite ville qui faisait très « banlieue américaine ». Si ses camarades de lycée avaient des problèmes, ils les cachaient bien. Mais qu'est-ce qui aurait pu les troubler ?

Kevin le savait : ses difficultés à s'adapter venaient principalement de ses *a priori*. Il était arrivé convaincu qu'il allait tout détester – le lycée, le climat et les gens. Une attitude négative générait souvent des résultats négatifs. Kevin avait l'intelligence et l'honnêteté de le réaliser. Il se sentait différent et malheureux d'être là. Ça se voyait. En conséquence, les autres ne l'approchaient pas.

Alors qu'il se hâtait de rejoindre la salle de classe de M. Régis, Kevin regretta de ne pouvoir jeter à la poubelle la colère qu'il avait accumulée, tel un vulgaire tas de déchets. Il avait suivi des cours de psychologie à Chicago... Les gens déprimés comme lui étaient enclins à faire des bêtises. Leur coup de folie pouvait se manifester de manière évidente : un cinglé venait armé au boulot pour descendre ses collègues ou déversait sa rage sur son épouse le soir, en rentrant. Mais c'était plus souvent insidieux : la dépression qui n'avouait pas son nom poussait un individu à prendre une mauvaise décision...

Si Kevin n'en était pas encore là, il s'exhorta néanmoins à la prudence.

M. Régis était déjà arrivé, bavardant avec un jeune homme de trois ou quatre ans plus vieux que Kevin. Le nouveau venu avait des cheveux noirs bouclés et des yeux d'un bleu étonnant. Daniel Addison ? Les filles allaient le dévorer du regard !

Déçu, Kevin regarda la pendule. Vingt minutes d'avance... Il avait espéré pouvoir aborder le conférencier. Il aurait dû se douter que le professeur serait en avance pour recevoir son invité. Kevin serait volontiers arrivé une ou deux heures plus tôt, mais il avait craint de trouver porte close.

Au lieu de retourner dans le couloir, il s'installa au troisième rang et sortit un cahier neuf. Faute de bavarder avec Daniel Addison avant la classe, il prendrait autant de notes que possible. Ensuite, il verrait à quel moment il pourrait lui rendre visite au musée et...

— Kevin, appela M. Régis, le faisant sursauter. Je suis content que vous soyez en avance. Voudriez-vous approcher, s'il vous plaît ?

Le lycéen obéit.

— Je vous présente Daniel Addison, qui appartient

au Département de Paléontologie du Musée d'Histoire Naturelle, comme je vous l'ai dit hier.

Alors que Daniel et Kevin échangeaient une poignée de main, M. Régis continua.

— Kevin vient d'un lycée réputé de Chicago. Il faisait également partie du Département de Paléontologie de l'université. Je crois savoir qu'il désirerait s'impliquer dans la vie de votre musée.

— Vraiment ? dit Daniel. Que faisais-tu à l'université ?

— Mon père y a enseigné les maths presque toute sa vie. Quand j'ai commencé à m'intéresser à la paléontologie, il m'a présenté aux membres du département. J'ai suivi leurs cours et depuis deux ans, ils m'emmènent sur leurs terrains de fouilles, l'été.

Il marqua une pause, ne voulant pas donner l'impression de se vanter.

— J'ai beaucoup appris à leur contact.

Daniel hocha la tête. Les autres lycéens arrivèrent à cet instant, riant et bavardant.

— J'aimerais continuer cette conversation. Es-tu libre après le cours ?

Kevin fut tenté de mentir, mais il n'osa pas. Il suffirait d'un rien – comme manquer un cours, par exemple – pour tout gâcher. Qui savait si ça n'était pas un piège ? Par chance, il avait oublié d'être bête.

— Pas avant treize heures, hélas.

— Tant pis.

Daniel sortit une carte de son portefeuille et la lui tendit.

— Je serai au musée demain jusqu'à dix-neuf heures. Passe me voir après les cours et nous verrons comment t'introduire dans la place. (Il sourit.) Ce n'est pas Chicago, mais il y a de bons moments quand même.

Kevin prit la carte et sourit aux deux hommes.

— Merci. Je viendrai.

Il retourna s'asseoir pendant que ses camarades continuaient à s'installer, mais il n'entendait déjà plus le tapage… Se faire une place dans les petites universités, pour un étranger, était difficile. Kevin savait que ses parents devraient consentir quelques donations et rédiger des lettres pour qu'il puisse un jour accéder à la faculté de Sunnydale… Ils feraient tout ça pour lui ; il les avait entendus en parler, un soir, dans la cuisine. Mais s'il pouvait se débrouiller seul, ce serait mieux. Grâce à Régis, qui avait dû consulter son dossier, il était sur la bonne voie.

Une chance extraordinaire !

Willow avait du mal à suivre ce que racontait le type du Musée d'Histoire Naturelle. Bla-bla-bla… Les dinosaures, c'était le truc d'Oz, pas le sien.

A propos d'Oz… Son groupe aurait peut-être bientôt un *impresario* ! Son petit ami ne semblait pas excité par cette perspective alors qu'elle tenait tout juste en place ! Dans un moment pareil, comment pouvait-il sereinement écouter parler de dinosaures archi-morts ?

Comme s'il lisait ses pensées, Oz se tourna vers Willow et lui sourit, avant de revenir à la conférence. Charmée, la jeune fille se reprocha son manque d'attention. S'il pouvait se concentrer, elle aussi… Néanmoins, les garçons s'intéressaient à des trucs vraiment étranges… Il suffisait de leur parler dinosaures, voitures ou guitares pour que le monde entier cesse d'exister. Incroyable !

Mais certains ne pensaient qu'aux filles… Ça devait compenser.

— Pour la plupart, continua Daniel Addison campé devant un écran, vous connaissez les tyrannosaures, les stégosaures et les tricératops.

Le type était plutôt mignon, d'accord… Mais Willow

désapprouvait la manière dont certaines filles le déshabillaient du regard.

— Il est beaucoup question d'eux à la télévision ou dans les films – sans qu'on respecte toujours l'époque à laquelle ils sont censés avoir vécu.

« Quelqu'un peut-il éteindre la lumière ? Merci. Je vais vous montrer quelques illustrations et vous donner une idée de ce qu'ils étaient *vraiment*, loin du monde de carton-pâte de *Jurassic Park*.

Un lycéen poussa l'interrupteur ; un autre se leva pour fermer les rideaux. La pénombre rappela à Willow certains endroits qu'elle aurait préféré ne pas associer au lycée. Addison appuya sur sa télécommande. Après avoir été baigné par une lumière crue, l'écran se couvrit d'une créature jaunâtre. Elle avait un long cou et un museau de crocodile. Les dinosaures n'étaient pas la tasse de thé de Willow – elle préférait les ordinateurs – mais le commentaire d'Addison corrobora ses premières impressions.

— Voici un Baryonyx, un dinosaure mangeur de viande, découvert en 1983 dans une glaisière anglaise. Notez la ressemblance entre la structure de ses mâchoires et celle de nos crocodiles. Ce n'est pas uniquement une question de morphologie : comme eux, ils avaient soixante-quatre dents, soit deux fois plus que les autres carnivores de l'époque. Les paléontologues ont retrouvé soixante pour cent de son squelette et reconstitué le reste. Ayant découvert un poisson fossilisé à l'endroit où aurait dû être son estomac, ils en ont déduit qu'il s'agissait sans doute de son repas.

Quelqu'un leva la main.

— Oui ? fit Addison, qui s'apprêtait à changer de diapositive.

— Il n'a pas l'air si fort que ça, lâcha Peter, un fauteur de troubles notoire. Un coup de pied et terminé !

Ses amis exprimèrent leur soutien en criant.

46

— C'est à cause de la diapo. Le Baryonyx pesait deux tonnes et mesurait de trois à quatre mètres. (Addison leva les yeux.) Il n'aurait pas tenu debout dans cette salle.

Des murmures coururent dans les rangs. Willow en resta bouche bée. Décidément, elle ignorait *tout* des dinosaures. De son point de vue, ce qui ressemblait à un serpent ou à un lézard était forcément mauvais. Ces sales bestioles avalaient des petits animaux à fourrure ! Mais… quatre mètres de haut ? D'accord, elle avait lu des articles assortis de chiffres édifiants. Le Tyrannosaurus Rex, quinze mètres de long. Le brontosaure, aussi haut qu'une maison… En dépit des effets spéciaux des films à gros budgets, et des squelettes qu'elle avait pu voir dans les musées, rien ne lui avait fait toucher cette réalité du doigt… Et voilà qu'une simple diapositive lui ouvrait les yeux ! La créature avait l'air si vivante – enfin… si morte –, avec sa peau parcheminée tendue sur ce qui avait dû être des muscles… La longue gueule entrouverte dévoilait des dents pointues et une langue rose. Même les yeux vitreux, à demi ouverts, paraissaient trop réels. A Sunnydale, il est vrai, tout pouvait être ranimé – les statues, les momies, les cadavres…

Il n'y avait rien en ville qui ressemblât à ce truc-là, n'est-ce pas ?

— Très cool, non ? chuchota Oz à son oreille. Bien sûr, comme c'est une créature du Crétacé, elle aurait au bas mot cent vingt millions d'années…

Willow sourit pendant qu'Oz se renfonçait sur son siège. Existait-il un petit ami plus parfait que lui ? Il se penchait vers elle, la rassurait, et reprenait sa place comme si de rien n'était. Parfois, ils devaient communiquer par télépathie !

Le projecteur cliqua et une autre diapositive s'afficha.

— Voici un Allosaurus, dit Addison. A ne pas confondre avec le Tyrannosaurus Rex. L'allosaure était plus petit et sans doute plus rapide, avec des dents de dix centimètres de long. Si vous ne voyez pas ce que ça peut donner, prenez une règle.

« Regardez ses pattes avant, pleinement développées. Celles du tyrannosaure de *Jurassic Park* étaient tellement atrophiées qu'elles ne lui servaient presque à rien. Toujours à propos du tyrannosaure, et à l'inverse des idées reçues, c'était davantage un charognard qu'un chasseur. Bien entendu, il était tout à fait capable d'abattre une proie. Mais pour un animal de cette taille, bouger impliquait une dépense d'énergie considérable. Il devait donc subsister le plus souvent en avalant des charognes. Et passer plus de temps à se reposer qu'à courir la forêt.

Oz considéra la théorie. Il avait toujours pensé que les tyrannosaures étaient exclusivement des chasseurs, d'où les muscles très développés de leurs pattes postérieures. Mais l'approche d'Addison semblait plus logique. Même les lions, qui n'avaient pourtant pas la taille des dinosaures, restaient couchés la majeure partie du temps.

Une vie intéressante.

Le nouveau, Kevin Sanderson, était assis un rang devant lui, sur sa droite. A le voir – dans tous ses états –, les sciences naturelles étaient vraiment son truc. Il prenait quantité de notes et acquiesçait sans cesse aux propos du conférencier. Si Kevin s'intéressait à ce point à la paléontologie, l'intervention d'Addison devait être pour lui l'événement de l'année.

Même s'il ne connaissait pas plus Sanderson qu'Addison, Oz songea que leur rencontre serait une bonne chose. Pour un nouveau, dans un établissement où les lycéens se côtoyaient depuis des années, nouer des relations amicales n'était pas d'une folle évidence. Kevin venait de Chicago, paraissait-il. Passer de « Windy City » à Sunnydale n'allait sûrement pas sans quelques problèmes. Si l'adolescent passionné de paléontologie se faisait un ami, ce serait parfait. Addison jouerait le rôle du mentor.

Oz jeta un coup d'œil à Willow. A propos d'être dans tous ses états... Pour être honnête, il était plus excité à la perspective d'avoir un impresario qu'il ne l'avait laissé paraître... Et il en savait également plus sur cette femme qu'il ne l'avait donné à entendre. Mais à quoi bon faire naître de faux espoirs alors que Devon et lui n'étaient encore sûrs de rien ?

La jeune femme s'appelait Alysa Barbrick. D'après le gérant du *Bronze*, elle supervisait déjà quatre groupes qui se produisaient régulièrement. Ils n'étaient pas très connus, mais c'était un bon début... Après tout, les groupes qui occupaient le devant de la scène musicale avaient très souvent commencé à l'échelon local. Dans ce métier, il fallait partir du bas et grimper toutes griffes dehors pour atteindre le sommet. Les membres des Dingoes n'avaient pas la stupidité de croire qu'ils échapperaient à la règle. Le chemin du succès était semé d'embûches.

Mais si cette femme pouvait les aider, pourquoi pas ?

Oz voulait-il faire à jamais partie d'un groupe de musiciens ? Il n'en savait rien. Mais si Alysa Barbrick leur dégotait un contrat avec une grande maison de disques...

Parfois, tout ce qu'il faut, c'est un bon guide, pensa Oz en regardant les émotions se succéder sur le visage de Kevin Sanderson alors qu'Addison évoquait la carrière de paléontologue.

— Alors, Kevin, qu'as-tu pensé de ma conférence ? L'as-tu trouvée intéressante ou était-ce du réchauffé pour toi ?

Le lycéen se tourna vers Daniel Addison.

— Les dinosaures et la paléontologie sont mes chevaux de bataille. Mes sujets de prédilection. Même si je savais déjà tout, j'aurais pu vous écouter toute la journée !

Daniel sourit.

— Tu parles déjà en vrai paléontologue, mon garçon ! dit-il en fourrant ses affaires dans un attaché-case. Je sais que tu as cours, mais ça t'ennuierait si je t'accompagnais un bout de chemin ?

Kevin cilla, surpris. Si ça l'*ennuyait* ? Dans quelle vie ?

— Pas du tout !

Daniel se tourna vers Régis, lui serrant la main.

— Merci. Il est toujours amusant de revenir dans son ancien lycée.

Régis hocha la tête.

— Je n'en doute pas. Il n'y a pas si longtemps, j'étais encore votre professeur... Je me souviens très bien de vous.

Daniel le salua, puis sortit avec Kevin. Le jeune garçon avait-il cru voir de la désapprobation chez M. Régis ? Après tout, il était à Sunnydale depuis une semaine. Pour ce qu'il en savait, Régis criait comme un gorille quand il était en colère.

— Tu m'as parlé de fouilles, dit Daniel. Où était-ce ?

— Dans le Montana, surtout, répondit Kevin en souriant à ce souvenir. Elles étaient sponsorisées par l'université, pendant les grandes vacances. On ne s'attardait jamais plus de quinze jours au même endroit. Les étudiants restaient là-bas tout l'été, mais pas moi, bien sûr. Il y a deux ans, j'ai passé un mois entier sur le terrain.

Il hésita. N'était-il pas en train de se vanter ? Mais Daniel devait vouloir en savoir plus.

— L'an dernier, j'ai eu de la chance. On m'a permis d'aller en Australie.

Les yeux du conférencier brillèrent d'intérêt.

— L'Australie… Sans blague ! A-t-on découvert du nouveau ? Comment était-ce, là-bas ?

— L'Australie restera pour moi une expérience inoubliable ! Rien à voir avec le Montana.

— Comment ça ?

— Dans le Montana ou en Australie, il y avait la même excitation – surtout quand nous trouvions quelque chose –, la même chaleur et le même inconfort. Mais être dans un pays étranger rend tout le monde plus… nerveux. Comme travailler sans filet. On fonctionnait beaucoup à l'adrénaline. Et nous étions à Dinosaur Cove, dans le Parc National d'Okway. Je ne veux même pas imaginer ce que ça fait de travailler en Mongolie ou en Argentine, où les équipements n'arrivent jamais !

— Je parie que c'était génial ! lança Daniel, impressionné. Le musée finance des fouilles à Dinosaur Cove cet été. Alors, qu'y avez-vous déterré ?

— Un peu tout ce qu'on a trouvé dans cette région : des ptérosaures, des plésiosaures, quelques squelettes incomplets d'allosaures, et des tas d'autres… trucs.

N'était-il pas trop bavard ?

Mais non… Daniel l'écoutait attentivement, ignorant les lycéens qui allaient et venaient autour d'eux.

— Excellent… Je parie que tu pourrais nous être très utile, au musée et à moi. Tu as de l'expérience.

— C'est sûr ! fit Kevin, enthousiaste. D'ailleurs j'ai… Euh… On m'a laissé garder quelques… souvenirs.

Il n'avait pas eu l'intention de l'avouer. Mais il était si heureux de la tournure des événements qu'il n'avait pas pu s'en empêcher… Avec un peu de chance, l'universitaire ne s'appesantirait pas sur sa bévue. On lui avait permis de *garder* des trucs ? Quel mensonge éhonté !

Daniel ne fit aucun commentaire. S'il avait saisi, il n'en montra rien, laissant courir sa main sur son T-shirt orné d'un ptérodactyle et d'un homme, à l'échelle. Entre les deux, on pouvait lire, en italique, *contre*, et dessous le verdict sans appel : *Aucune chance*.

— Génial ! lâcha Daniel. Dis-moi, quel genre de... souvenirs ?

Kevin déglutit, puis décida de tout dire.

— D'Australie, j'ai rapporté une seule chose qui en vaille la peine. Un œuf... Un petit, bien sûr.

— De quelle espèce ?

— Timinus, répondit-il, le cœur battant.

Daniel n'était pas stupide. Il devait comprendre que Kevin avait... subtilisé... le fossile. Ce n'était pas un gros larcin, puisqu'on avait mis la main sur toute une couvée. Et maintenant, le lycéen avait un souvenir... inoubliable.

— Kevin, tu m'impressionnes. Pourrais-je le voir ? Si j'envoyais quelqu'un le prendre chez toi...

— Je n'aimerais pas m'en séparer. C'est tellement rare.

Daniel leva une main conciliante.

— Bien sûr. Où avais-je la tête ? Quand tu me rendras visite au musée... Tu viens demain, n'est-ce pas ?

Kevin acquiesça.

— Magnifique. Apporte-le, que j'y jette un coup d'œil, d'accord ? J'ignorais qu'on avait retrouvé une couvée d'œufs de cette espèce.

— On s'est bien gardé d'ébruiter la nouvelle. Les découvertes de l'équipe d'Australie ont été éclipsées par le voyage au Sahara du chef du département. Mais nous étions contents, alors nous avons quand même organisé une exposition. J'apporterai l'œuf demain.

— Ce serait super. Merci.

Daniel semblait perdu dans ses réflexions. Puis son regard se posa sur Kevin et il sourit.

— Oui. Apporte-le. En échange, je te montrerai un truc que tu n'as encore jamais vu.

— Vraiment ? fit Kevin, fasciné. Quoi ?

Daniel secoua la tête avant de jeter un coup d'œil à sa montre.

— Tu auras la surprise. Dépêche-toi, sinon tu seras en retard. Je ne voudrais pas que Régis m'accuse de détourner ses élèves du droit chemin ! Je t'attendrai demain au musée, d'accord ?

Il flanqua une claque amicale dans le dos de Kevin, puis tourna les talons et s'éloigna.

Le garçon le regarda partir, plus excité encore que le matin. Que lui montrerait Daniel ? Un truc très spectaculaire ? Mais il ignorait peut-être l'étendue de ses connaissances en matière de paléontologie...

Le lycéen vérifia son emploi du temps puis se hâta d'aller chercher son livre de géométrie dans son casier. Parler de l'œuf de timinus l'avait rendu nerveux. Mais grâce à cet aveu, il venait sans doute de se faire son premier ami à Sunnydale... Par son attitude en tout cas, Daniel le lui avait laissé croire...

Ils avaient tant en commun que c'était presque trop beau pour être vrai. Mais Kevin n'allait pas s'en plaindre.

Il était temps que les choses changent.

Rupert Giles reconnut le pas de Buffy à l'instant où elle entra dans la bibliothèque. Si elle était la Tueuse, lui était son Observateur... Un statut qui impliquait la possession de quelques talents personnels – même si personne ne les lui reconnaissait.

La jeune fille était charmante avec son sweater et sa jupe pastel. Croyait-elle avoir réussi à l'approcher sans qu'il s'en aperçoive ?

Aucune chance.

Néanmoins, sa tenue printanière lui fit un choc. Faisait-il déjà si chaud, dehors ? Où étaient passés les vêtements d'hiver ? Parfois, il se sentait condamné à rester prisonnier de cette bibliothèque au même titre qu'Angel l'était de la nuit.

— Bonjour, Buffy, dit-il en refermant le *Glossarium de Vespertilionis et Daemonis*.

Ce livre l'ennuyait. Le connaissant presque par cœur, il se contentait de regarder les gravures. Mais il ne devait surtout pas paraître distrait ou, Dieu l'en préserve, donner l'impression de le trouver sans intérêt ! Buffy Summers étant une adolescente, il devait lui montrer l'exemple.

Giles comprenait rarement ce qu'elle vivait. N'ayant pas d'enfant, il jugeait les « problèmes » des adolescents d'une déconcertante trivialité.

Ils portaient des vêtements ridicules et se farcissaient la cervelle d'une musique abominable sur laquelle ils se trémoussaient sans pudeur... Et que dire de la relation entre Buffy et Angel ? Compliquée en diable, même pour Giles, elle faisait figure de casse-tête chinois. Pourtant, il aimait à se croire intelligent...

Bien sûr, il n'aurait jamais reconnu tout cela devant sa Tueuse.

— Du nouveau, depuis la nuit dernière ? demanda-t-il. As-tu rencontré des difficultés... ?

— Deux vampires ! répondit gaiement la jeune fille. Bons à ramasser au balai électrique !

— Au quoi ? demanda Giles.

— C'est comme un balai, l'électricité en plus.

Buffy vit des piles de livres partout... Un spectacle banal quand le bibliothécaire restait trop longtemps livré à lui-même.

— Je vous en offrirai peut-être un pour Noël.

— Non, merci. Et sache pour ta gouverne que je connais l'emplacement de chaque ouvrage.

— Vraiment, fit Buffy, les poings sur les hanches. Alors, où va *Face Odyssey* ?

— Je te demande pardon ?

— *Face Odyssey*, de Howard Alberts.

— Euh… Quel genre de livre est-ce ?

— Un traité de coiffure ! répondit-elle avec vivacité. Un « catalogue », si vous préférez.

— Ah, fit Giles.

Un livre… un *vrai*, sur les styles de coiffure ? Seigneur, les Américains immortalisaient tout et n'importe quoi !

— Eh bien, j'imagine qu'il va dans la section « culture moderne », ou peut-être « photographie »…

— Cordélia l'a trouvé dans la section « carrière », coupa Buffy.

Giles grimaça.

— « Carrière » ?

— Mannequin… Vous savez, cette profession où les femmes reçoivent de gros paquets de billets verts pour se maquiller et enfiler des vêtements.

Giles se croisa les bras.

— Vraiment ? J'ai toujours cru qu'il s'agissait d'un rituel tribal avant de partir au combat.

— Touché ! gloussa Alex qui venait d'entrer.

Ne devrais-tu pas être en classe ? demanda Giles

Alex s'assit avant de regarder Buffy

— Et toi ?

— C'est vrai. Mais ce système de classes est surfait.

— Classes, autrement dit variétés de cours, ajouta Alex. A ne pas confondre avec…

— … Ce qui donne l'illusion de sa supériorité à Cordélia, termina la jeune fille.

— Assez ! intervint Giles. Je ne veux pas avoir Snyder sur le dos, me reprochant de vous avoir donné le mauvais exemple. Buffy, je connais ton emploi du temps. Tu es en retard en littérature. Alex, j'ignore quel est ton prochain cours, mais je suis sûr qu'il ne se déroule pas ici.

55

— Eh ! protesta Alex, feignant d'être blessé.

— Dehors ! insista Giles. Croyez-le ou pas, les connaissances dispensées dans cet établissement visent à remplir votre cervelle. Et j'ai du travail, figurez-vous.

— Du travail ? s'étonna Alex. Ici ?

Il semblait abasourdi.

— Oui. Le lycée de Sunnydale me paie pour faire un travail, ironisa Giles en enlevant ses lunettes pour les nettoyer avec son mouchoir. Peut-être savez-vous en quoi il consiste : prêter et ranger des livres.

— Oh, fit Alex avec un sourire en coin à Buffy. Cela inclue-t-il de deviner quel sera le prochain monstre-de-la-semaine à Sunnydale ?

— Alex…

— D'accord ! Vous avez raison. M. Régis meurt sûrement d'envie de combler une des cases vides de mon cerveau.

— Dehors !

Alex se précipita vers la porte pendant que Buffy ramassait ses livres. Mais Giles le vit hésiter et soupira mentalement : ce garçon ne résistait jamais à la tentation d'avoir le dernier mot.

— Vous savez, je suis son élève préféré !

Giles avança, menaçant ; Alex disparut.

— Tu as un cours de littérature anglaise, non, Buffy ?

— Compris, répondit la Tueuse. Angleterre, me voilà… Enfin, façon de parler.

— Buffy ?

— Oui ?

Giles ouvrit la bouche, puis secoua la tête.

— Non, rien. Va en cours.

— Vous êtes sûr ? Vous avez comme un point d'interrogation, au-dessus de la tête…

— Buffy…

La jeune fille sourit.

— Vous ne pouvez pas me voir... Je ne suis plus là !

La porte se referma. Giles retourna à ses livres. Il avait voulu demander si la Tueuse considérait qu'il remplissait correctement son rôle de guide. Mais un maître pouvait-il poser ce genre de question à son élève ? Celui qui recevait la connaissance voulait toujours qu'on lui facilite la tâche, sans réaliser que la facilité n'était pas toujours la bonne voie.

Même si Giles ne l'aurait jamais admis, il lui arrivait d'être dépassé. Il n'avait pas d'aspirations secrètes. Les richesses, le pouvoir ou – que Dieu lui vienne en aide – l'immortalité, ça n'était pas pour lui. Tout ce qu'il voulait, c'était remplir au mieux sa mission d'Observateur. Pour Buffy et pour... tous les autres, lui compris. Il n'avait aucune envie de voir le monde finir dans une gigantesque boule de feu.

Etait-il pour la jeune fille le meilleur exemple qui soit ? Il essayait de la pousser à étudier, mais elle avait à peine le temps de dormir. Quand elle pouvait lire, elle devait se pencher sur des traités de démonologies.

Il essayait également de se présenter comme un modèle de moralité et de droiture. Ainsi, même s'il arrivait à ses amis de faillir, Buffy ne perdrait jamais de vue la voie du bien, qu'il aurait balisée pour elle.

Ses réflexions l'ayant quelque peu déprimé, Giles s'assit sur la chaise libérée par Alex et balaya la bibliothèque du regard. Certains la trouvaient sombre, mais il préférait cela à une pièce trop éclairée. Pour lui, elle possédait une atmosphère chaleureuse, une beauté dorée, grâce à ses rampes, à ses étagères en bois et aux trésors bibliophiles qu'elle renfermait.

Aux yeux de Giles, dès qu'il y avait un livre dans une pièce, elle avait une âme. Aucun vampire ne pouvait rien y changer. Les ouvrages donnaient la vie et l'instruction. Il y avait le *Manuel de l'Observateur*, qui lui apprenait comment faire son devoir. Et les membres du Conseil des Observateurs, qu'il contactait à l'occasion.

Pourtant, Giles aurait souhaité qu'il existât un modèle vivant d'Observateur. Un mentor dont il aurait pu suivre l'exemple, afin d'être certain qu'il remplissait bien son rôle.

CHAPITRE V

Si le souvenir du moment où les déménageurs étaient venus tout emporter de Chicago n'avait pas été si frais dans l'esprit de Kevin, cette journée aurait été la pire de sa vie.

Ce n'était pas la faute de M. Régis, bien sûr. Beaucoup de gens devaient considérer que l'évolution des mammifères était un sujet au moins aussi intéressant que la manière d'obtenir des M&M's bleus... Mais depuis des lustres, il savait tout sur la question. Sans être plus intelligent que ses camarades, il se passionnait pour les dinosaures. Pour comprendre comment ils avaient évolué et vécu jusqu'à leur extinction, on devait étudier au berceau la théorie de l'évolution.

Régis pouvait lui poser des questions, Kevin y répondrait. Malgré son excitation, il avait fait ses devoirs – histoire de se rafraîchir la mémoire – et il devrait s'en tirer avec les honneurs.

Il restait assis à rêvasser. Il avait laissé son précieux œuf dans une boîte à chaussure, au fond de son casier...

Un coup d'œil à la pendule – le centième au moins – lui apprit qu'il serait bientôt l'heure. Kevin s'efforça de s'intéresser au présent. M. Régis donnait le devoir à faire pour le prochain cours. Quand la cloche sonna, le lycéen bondit vers la sortie. Mais son professeur l'arrêta.

— Kevin, puis-je vous parler un moment ?

A contrecœur, le garçon revint sur ses pas.

— Bien sûr

Régis gardait toujours une chaise vide devant son bureau. Il lui fit signe de s'asseoir, puis prit place en face de lui. Kevin se demanda ce qui lui valait l'honneur d'un tête-à-tête avec son professeur de sciences naturelles.

— Vous devez vous douter que j'ai lu votre dossier, sinon comment aurais-je su que vous vous intéressiez tant à la paléontologie ?

Kevin hocha la tête. Régis détourna les yeux un instant, avec une expression indéchiffrable.

— Ai-je raison de croire que vous avez l'intention de revoir Daniel Addison ?

— Oui, monsieur. Je dois lui rendre visite au musée, après les cours.

— J'imagine que vous attendez beaucoup de cette rencontre. Nous n'avons pas les moyens de l'Université de Chicago, mais ne nous sous-estimez pas trop vite. Vous recevrez de nombreuses brochures d'université, et vous découvrirez que celle de Sunnydale...

Il se tut, puis eut un petit sourire.

— Mais je suppose que vous avez l'intention de retourner chez vous...

Kevin haussa les épaules. Evidemment ! Néanmoins, il n'avait pas l'intention de le crier sur les toits ni de descendre Sunnydale en flèche pour autant. *Sunnydale*... L'endroit idéal, semblait-il, pour mener une vie paisible et heureuse.

— Je préférerais que ça reste entre nous, car j'essaye de vous avertir... Ne vous impliquez pas trop avec Daniel Addison.

Devant la surprise de Kevin, l'enseignant se pencha, les coudes sur les genoux et les mains jointes...

L'attitude cocasse qu'adopterait tout père gêné d'aborder la sexualité avec son fils.

— Navré de me montrer si direct mais vous êtes un élève brillant, Kevin... Bien plus que ne le fut Addison. J'ai eu ce jeune homme dans ma classe pendant quatre ans. Je le *connais*. Je sais comment il fonctionne.

Régis hésita avant de poursuivre.

— Quand Addison regarde quelqu'un, il voit un moyen de parvenir à ses fins, pas une personne, même et surtout s'il est tout sourire. Vous ne lui êtes d'aucune utilité ? Alors, aussi rapidement et facilement que possible, il vous éjectera de sa vie, ne vous consacrant plus une seconde de son temps « précieux ».

« Oh, il veut bien travailler, mais moins durement qu'il ne le devrait. Il préférera qu'un autre fasse le sale boulot à sa place... Il a toujours été comme ça.

Régis baissa les yeux.

— Je pense qu'un avenir exceptionnel vous attend, et vous devez croire que votre installation à Sunnydale y fait obstacle. En réalité, c'est un simple contretemps. Mais même pour une courte période, je détesterais vous voir devenir le marchepied de quelqu'un. Comprenez-vous ?

Kevin hocha la tête. Mal à l'aise, il n'était pas sûr de croire ce qu'il venait d'entendre. Daniel Addison était sa seule chance d'entrer dans la « famille » du musée local. Régis lui demandait-il d'y renoncer ?

— Oui, monsieur, répondit-il en se levant. Je ne l'oublierai pas.

Le professeur se leva à son tour.

— Vous devez penser que je suis fou... (Il sourit, l'air grave.) Soyez prudent, c'est tout ce que je demande. Si vous désirez devenir l'ami de Daniel, loin de moi l'idée de vous en empêcher... Mais parfois, dans les petites villes, à *Sunnydale*, les gens ne sont pas toujours... (Il

61

chercha ses mots) Eh bien, ils ne sont pas toujours ce qu'ils semblent être. Faites bien attention. D'accord ?

Kevin acquiesça. Bon sang, il avait hâte de sortir !

Les yeux de Régis plongèrent dans les siens ; Kevin se sentit coupable en voyant l'enseignant se rembrunir.

— Bien. Bonne chance.

Il lui tourna le dos.

Kevin se précipita vers son casier.

Faites bien attention ?

Qu'avait-il voulu dire ?

Mais seuls les enfants ou les imbéciles traitaient un avertissement par le mépris, surtout quand on ignorait dans quoi on allait fourrer les pieds… Daniel Addison pouvait être un tueur en série collectionnant les os des gamins dans une cave du musée… Kevin ne connaissait pas non plus M. Régis. Mais si les jeunes gens avaient tendance à rejeter les conseils des adultes, à la réflexion… Ils avaient tort. Leurs aînés parlaient d'expérience. Et surtout, cela partait d'un bon sentiment. Au mieux, ils savaient quelque chose et voulaient en faire profiter leurs protégés. Au pire, il suffisait de les écouter histoire d'en finir au plus vite.

Régis et Addison… Y avait-il quelque chose entre eux dont le professeur n'avait pas voulu parler ? Quatre ans, c'était simplement suffisant pour apprendre à connaître quelqu'un qu'on voyait presque tous les jours.

Mais si Régis était simplement jaloux de Daniel ?

A Kevin de faire la part des choses… Même s'il n'avait rien à reprocher à Daniel, il devrait se montrer prudent.

— Salut, dit Willow.

Son petit ami se retourna et lui sourit.

— Salut.

Il aligna son pas sur le sien.

— Alors, qu'y a-t-il au menu, aujourd'hui ?

Elle désigna le sac en papier coincé entre son bras replié, derrière ses livres.

Oz l'ouvrit.

— Une pomme, constata-t-il en jetant un coup d'œil à l'intérieur. Un sandwich à base de viande reconstituée, probablement sans graisse. Pas de barre chocolatée ni de chips. (Il referma le sac et haussa les épaules.) Ma mère est en plein trip « santé ».

Willow tapota son sac à dos.

— La mienne aussi. J'ai du concombre assaisonné de sauce basse calorie, le tout entre deux tranches de pain complet… Il n'y avait pas un morceau de dinde à la maison.

— Une vraie maladie, dit Oz, lugubre. La « santomanie » aiguë.

Willow sourit. Ils se dirigèrent vers leur table préférée, sous un arbre, au fond de la cour. Alex était déjà assis devant une multitude d'emballages. Le visage de Buffy s'éclaira quand elle les vit arriver.

— Salut ! Je suis sûre que vous avez des trucs passionnants à raconter ! Sunnydale est trop calme, ces derniers temps.

— Tu n'as pas eu ton quota de buveurs de sang ? demanda Oz.

— Je ne m'en plains pas ! répondit la jeune fille. Je… j'observais seulement que depuis dimanche soir, il ne s'est rien passé.

— Ah. Pas d'ami à longues dents pour te tenir compagnie au cours de ta patrouille, la nuit dernière, donc, déduisit Alex.

Il enfourna un mini cake au chocolat. Quand il voulut ajouter quelque chose, le fourrage à la vanille lui dégoulina au coin de la bouche.

— Alex, c'est dégoûtant…, dit Willow.

— *Onk*, marmonna l'intéressé.

Buffy gloussa.

— Regardez, un vampire amateur de chocolat !

— Ça ressemble plutôt à de la bave ! grogna Willow alors qu'Oz et elle déballaient leur déjeuner. Vous savez, comme un chien qui…

Oz se tourna vers elle ; la main de la jeune fille vola sur sa bouche.

— Oh ! Pas comme un chien-loup ou… un chien enragé. Mais un chien qui…

Elle se tut.

— Qui aurait très chaud, intervint Buffy. Vous savez, en été…

Alex étudia Oz.

— Il ne bave pas, au moins ? demanda-t-il la bouche pleine.

Willow eut de nouveau l'air choqué. Avant qu'elle puisse répondre, Alex toussa – trop violemment. Buffy le tapa dans le dos jusqu'à ce qu'il cesse de s'étouffer. Quand il eut repris son souffle, il eut un sourire reconnaissant. Mais avec la pâte chocolatée coincée entre ses dents, on eût plutôt dit un cadavre grimaçant.

— Merci !

— Tu mâches, tu déglutis, conseilla Oz entre deux bouchées. C'est pourtant simple.

— Tu en sais quelque chose ! répliqua Alex.

— Presque toutes les formes de vie doivent manger, répondit Oz d'une voix égale.

— Ouais.

Alex tendit la main vers un autre mini-cake, avant de se raviser.

— Certaines considèrent les humains comme des plats appétissants sur le Grand Menu de Sunnydale.

Sa boutade fit long feu.

— Euh… je plaisantais.

— Ah, ah, marmonna Willow.

Elle prit une bouchée minuscule de son sandwich, puis décida de changer de sujet.

— Alex, tu ne connais pas la dernière ? Les Dingos vont peut-être avoir un impresario !

Le jeune homme écarquilla les yeux.

— Sans blague ? Parlons-nous de célébrité ? De rock'n'roll et de p'tites pépées ?

— Attention, Alex, dit son amie en souriant. Tu es en hyperventilation !

— Le seul moyen d'y remédier, c'est de respirer dans un sac en papier, annonça Buffy.

Willow gloussa.

— Tu peux prendre le mien, offrit généreusement Oz.

Willow éclata de rire.

— Content que ça vous amuse, lâcha Alex en reniflant. Mais sérieusement, j'ai le droit de savoir, non ?

— Il n'y a rien de plus à en dire pour le moment, répondit Oz.

— Mais...

— Vendredi soir, promit le musicien. Dès qu'elle nous aura donné son verdict, nous vous en ferons part.

— Ça, c'est de l'amitié, s'émerveilla Alex. (Puis il assimila ce que son ami venait de dire.) « Elle » ?

L'opposé de « lui », confirma Oz.

Pour une fois, Alex en eut la chique coupée.

— Nous sommes tous dans le même bateau, ajouta Buffy. Il faudra attendre vendredi soir.

— Peut-être a-t-elle besoin d'un assistant ? fit soudain Alex. Je sais taper !

— Sur quoi ? demanda Willow.

— J'ai des doigts ! Je peux en utiliser deux. Peut-être n'ai-je pas ta rapidité, Mlle Carte Mère, mais je pourrais me débrouiller.

Willow renifla dédaigneusement.

— Sûr, tu...

— Je détesterais devoir mettre un terme à cette dispute, coupa Buffy, mais il nous reste à peine deux minutes pour finir de déjeuner et nettoyer cette partie de la cour, transformée par Alex en décharge nucléaire.

Ils gémirent en chœur au souvenir du savon que leur avait passé Snyder, la semaine précédente, au sujet d'un misérable sachet coincé sous un pied de leur table. Vu le piteux état de la pièce à conviction, elle avait dû rester au moins trois semaines en place… Ça n'avait pas empêché Sa Grincheuseté de décrire les quatre amis comme les Ennemis Mortels Numéro Un de Mère Nature. Il n'avait pas mâché ses mots – la plupart étant synonymes de « colle » puissance dix.

— Je maîtrise la situation, affirma Alex.

Il tendit la main vers un emballage qui lui échappa aussitôt, soulevé par un coup de vent visiblement décidé à lui damer le pion.

Au même instant, Willow vit avec effroi le proviseur venir vers eux.

— Alerte rouge ! Snyder en vue ! annonça-t-elle d'un ton lugubre.

Grâce aux réflexes de Buffy, qui rattrapa l'emballage au vol, le pire leur fut épargné.

— Je constate que vous avez pris mes avertissements à cœur, lança le proviseur en regardant Buffy fourrer les derniers vestiges du repas d'Alex dans le sac du jeune homme.

Willow réprima un rire en voyant l'air dégoûté de son amie, qui venait de se remplir les doigts de chocolat. Avec une grimace, Buffy cacha ses mains sous la table.

— Très à cœur, monsieur ! répondit-elle avec une fausse gaieté.

Snyder les foudroya du regard.

— Les délinquants environnementaux passent leur vie derrière les barreaux ! rappela-t-il d'un ton cassant.

Il se tourna vers Willow, qui tressaillit.

66

— N'avez-vous pas l'intention de terminer votre déjeuner, mademoiselle Rosenberg ?

— Euh… non, monsieur. (Elle laissa retomber son sandwich végétarien dans son sac.) Je… crois que j'ai perdu l'appétit.

— Je peux l'avoir ? demanda aussitôt Alex.

Snyder lui arracha le sac des mains pour le fourrer entre celles du garçon.

— Le gâchis est un crime tout aussi grave, vous savez ! aboya-t-il en pointant un index accusateur vers Alex. Jeune homme, ne laissez rien traîner derrière vous !

— Nous n'oserions pas, dit Oz.

Snyder les observa, ses yeux chafouins lançant des éclairs, puis s'éloigna. Les quatre amis se levèrent, trop épuisés par la confrontation pour se répandre en commentaires.

— C'était drôle, non ? fit Alex en avalant le reste du sandwich de Willow. Vfous vfoyez, pas d'gâffis, conclut-il.

Il mastiqua, déglutit, puis fit la grimace.

— Où est passée la viande ?

— C'est l'heure ! lança Buffy.

La cloche sonna. Les lycéens s'égayèrent dans toutes les directions. Les quatre amis ramassèrent leurs déchets et, après un petit détour par la poubelle, se dirigèrent vers le bâtiment.

— Comment fais-tu, Buffy ? demanda Willow. Tu ne portes pas de montre !

— C'est instinctif. Les non-intellos comme moi ont développé ce don au fil des siècles : une sorte de sonnette d'alarme interne, pour nous permettre de déguer pir à temps.

Willow rit. Buffy sourit avant de partir dans la direction opposée. Alex leur avait déjà faussé compagnie.

Oz toucha le bras de son amie.

— Le mardi après-midi, j'ai un cours de sociologie, dit-elle en réponse à sa question muette.

Il hocha la tête.

— A plus, alors. Je vais en chimie.

— Oh !

Il devait s'agir d'une forme de blocage, histoire de préserver sa santé mentale, car elle oubliait toujours les cours de chimie d'Oz.

— Ne… tu sais. Ne fais rien sauter.

— Ne te fais pas de souci…

Oz lui sourit. Après un – trop – rapide baiser, il s'éloigna. Elle partit vers sa salle de classe. Pourquoi n'était-elle pas comme lui, hyper cool ? Absolument rien – hormis sa lycanthropie – n'atteignait Oz. Peut-être était-ce le secret de son flegme… Il avait cette soupape mensuelle… Même enfermé dans une cage trois nuits par mois, il s'en tirait à bon compte. Il était verni.

Willow aperçut Alex à l'autre bout du couloir. Etait-elle vraiment fâchée contre lui ? Pas plus que d'habitude. Cette histoire d'impresario lui tapait sur les nerfs. Pourquoi se réjouissait-elle beaucoup moins pour Oz qu'elle ne le laissait croire ?

Et si… cette inconnue avait vraiment des contacts dans l'industrie du disque et faisait signer les Dingoes avec un grand label ?

Et s'ils… faisaient tout capoter ?

Willow serra ses livres de cours, accélérant le pas. La femme devait trouver des concerts aux Dingoes et connaître des gens qui leur feraient une place au soleil. Une bonne chose, non ?

Alors pourquoi, quand Willow y repensait, la nourriture qu'elle avait avalée la menaçait-elle d'un retour inopiné à la lumière du jour ?

Le musée d'Histoire Naturelle de Sunnydale en imposait moins que son gigantesque homologue de Chicago, mais il n'était pas si mal… Kevin fut plutôt impressionné. Le bâtiment de trois étages était surmonté d'un dôme central flanqué de deux petits. On entrait par trois arches de cinq mètres de haut. Kevin traversa la pelouse soigneusement entretenue. En ce début de printemps, elle était déjà verte et luxuriante. Un parterre de pétunias apportait une touche de rouge. Des soucis et des buissons taillés longeaient la rangée d'arbres bordant le parking. Il faudrait attendre trois ou quatre mois de plus pour qu'une telle flore apparaisse à Chicago. Sous le ciel bleu de la Californie, l'ensemble était charmant.

Kevin entra dans le musée avec une sorte d'émerveillement enfantin. Avoir dû quitter Chicago l'avait plongé dans une telle colère qu'il n'avait même pas songé à le visiter, et encore moins à explorer la ville. Leur maison restait pleine de cartons à déballer.

Le lycéen s'était attendu à détester ce qu'il découvrirait. A tout critiquer… Mais il se sentait excité par l'aventure qui commençait. Après tout, un amoureux des dinosaures ne pouvait rester insensible aux crânes de tyrannosaures et de tricératops exposés dans l'entrée principale.

Kevin jeta un coup d'œil à sa montre et sourit. Il aurait aimé avoir du temps pour l'exposition, mais cela attendrait. Il avait appelé Daniel pour confirmer leur rendez-vous. Celui-ci lui avait recommandé de se présenter au plus tard à dix-sept heures trente. Ainsi, il lui ferait les honneurs du musée et lui dévoilerait les coulisses du Département de Paléontologie. Il lui avait également fait comprendre que les occasions de revenir ne manqueraient pas s'il aimait ce qu'il découvrait.

Kevin s'enfonça dans le bâtiment, tourna à droite et longea le couloir. Comme Daniel le lui avait demandé, il entra dans la salle des dinosaures, sur sa gauche, avant d'atteindre l'exposition de fossiles. La lumière y était douce et ambrée, typique de l'ambiance des musées. Kevin adorait cela. Il avait passé tant de temps au musée de Chicago que retrouver cette atmosphère feutrée à Sunnydale lui donna l'impression de revenir à la maison. Le sol carrelé reflétait la lumière. Cela donnait à ces lieux une aura chic. Pour l'heure, Kevin trouvait l'existence douce et belle...

Comme convenu, Daniel Addison l'attendait à l'entrée.

— Salut, ça va ?

— Très bien.

Etrangement, le lycéen s'avisa que c'était vrai. Malgré l'importance de ce rendez-vous, il remarqua derrière Daniel un stégosaure campé devant un cératosaure qui protégeait son nid. Un pélorosaure broutait paisiblement. Un groupe de cynognathes – scène rare et fort intéressante – dévorait un kannemeyeria. D'un œil expert, Kevin vit que le nid de l'hypocrosaure contenait de faux œufs en fibre de verre. Mais il y avait beaucoup plus impressionnant encore. Des reconstitutions d'espèces moins connues : le typothorax, l'euparkeria et l'oviraptor.

Le clou du spectacle était sans aucun doute un vol de ptéranodons grandeur nature. Les modèles brun et fauve survolaient la salle, tels des démons ailés de sept mètres d'envergure. La lumière filtrait à travers leurs ailes membraneuses, en soulignant l'ossature et le pouce allongé qui avait permis à cette espèce de planer. Leurs gueules triangulaires étaient garnies de dents pointues. Des ululements, des grognements et des rugissements sortaient des haut-parleurs camouflés dans le feuillage artificiel.

— Très réaliste, hein ? dit Daniel, rappelant à Kevin par association d'idées son T-shirt de la veille. C'est mon expo préférée.

— Tout à fait remarquable. Je parie que les enfants sortent d'ici avec une peur bleue.

Daniel éclata de rire.

— Oh, oui ! Quand cette exposition a été créée, elle était à l'entrée du bâtiment. Les organisateurs avaient eu l'idée brillante de disposer les dinosaures pour que le visiteur les voie à la dernière seconde. *Bam !* Il avait l'impression que les créatures fondaient sur lui… Les adultes et les ados adoraient ça, mais les petits étaient terrifiés. Ils en faisaient des cauchemars. Certains avaient tellement peur qu'ils vomissaient – pas joli à voir. Trop de parents se sont plaints et le musée a dû tout changer de place.

Il haussa les épaules.

— Aujourd'hui, on voit où on met les pieds… A mon avis, ça gâche l'effet de surprise.

— Je suis d'accord. Ça n'en est pas moins grandiose.

Daniel eut l'air ravi.

— Allez, viens. Je vais te montrer le cagibi qui me sert de bureau. Les étudiants sont relégués au troisième étage, à l'arrière du bâtiment.

Kevin suivit son guide et traversa une salle passionnante appelée « Douglas Perren Memorial Room ».

Le garçon fut agréablement surpris par ce qu'il vit. En fin de compte, Sunnydale avait des choses à offrir sous son vernis de paradis californien… Comme Daniel l'avait dit, le mot clé était « surprise ».

Kevin fut vite désorienté. Quelle importance ? Bientôt, il connaîtrait ce musée comme sa poche.

Le bureau de Daniel était à peine plus grand qu'un cagibi. Ce grand placard amélioré comptait un bureau en L et des étagères couverts de livres, de papiers, de fossiles et de boîtes contenant Dieu seul savait quoi. Avec un tel fouillis, l'air devenait presque irrespirable… Mais Kevin trouva les lieux sensationnels.

— Voilà, dit Daniel en s'asseyant à son bureau. Il est temps pour toi de passer de la paléontologie à grande échelle à la modeste contribution que nous lui apportons, à Sunnydale… C'est bien ce que tu veux, non ?

— Absolument. (Kevin se sentit obligé de préciser :) Mais à l'automne prochain, je compte m'inscrire à l'Université de Chicago.

Daniel hocha la tête.

— Je m'y attendais. Avec les contacts que tu t'es faits là-bas, tu serais fou de ne pas y retourner. En attendant, il ne s'agirait pas que tu meures d'ennui !

— Génial ! Que puis-je faire ?

Daniel éclata de rire.

— Ce n'est pas le travail qui manque ! Si tu commençais par m'aider à finir ma tâche en cours… ? Du moins si ça te convient. Sinon, nous remplirons ton dossier et te trouverons autre chose.

— D'accord.

Comment refuser d'aider Daniel ? Cet homme était son bienfaiteur. Il lui offrirait une occupation digne de ce nom pour les huit prochains mois… Sans lui, Kevin se voyait déjà avec un cerveau atrophié et de la bave à la commissure des lèvres.

Daniel tendit plusieurs papiers à Kevin.

— Il y a un tabouret sous cette pile de classeurs… Voilà. Pose-les par terre et assieds-toi pour remplir ces documents.

Voyant Kevin étudier les feuilles, il ajouta :

— C'est un contrat standard – eh oui, tu seras payé quelques dollars de l'heure !

Le lycéen commença à remplir les formulaires.

— Mon travail actuel consiste à répertorier le contenu de caisses stockées dans la cave. J'étudie la paléontologie, bien sûr, mais il y a des tas de choses qui ont été mises au rancart avant l'ère informatique. Quelqu'un a eu l'idée brillante d'y remédier... et c'est moi qui m'y colle ! Mais c'est beaucoup plus intéressant que je ne l'aurais cru. Qu'en penses-tu ?

— Ça a l'air cool..., mentit Kevin.

Fouiller dans des caisses ? Ça n'était pas tout à fait son rêve, mais ce serait un début. Bien sûr, s'il préférait, il pouvait retourner écouter ses camarades de classe parler sport, musique et drague...

Daniel regarda Kevin signer en bas de la page.

— J'espérais que tu dirais ça, dit-il en reprenant les papiers – dûment remplis – et en les mettant de côté. Car ça a un rapport avec la surprise dont je t'ai parlé hier.

« As-tu... apporté l'œuf ?

— Oui.

Kevin prit son sac à dos, en sortit le fossile soigneusement emballé et le tendit à Daniel.

— Waouh ! Il y a cent vingt millions d'années, dans de bonnes conditions, cet œuf aurait donné naissance à une créature vivante que nous pouvons seulement imaginer aujourd'hui... (Il étudia le fossile puis le remit dans la boîte.) Tu vois ce que je veux dire ?

— Oh, oui...

Kevin reprit la boîte. Daniel tira de sous son bureau un sac en toile grise dont il sortit un livre relié de cuir. Non sans hésiter, il le tendit à son nouvel ami.

Kevin vit que la couverture était en partie calcinée. Un instant, le journal lui parut étrangement lourd, comme s'il contenait des révélations auxquelles il valait mieux ne pas avoir accès.

— Qu'est-ce donc ?

— Un journal de fouilles, répondit Daniel. Je l'ai trouvé dans une des caisses. Inutile que tu le lises. On y trouve le baratin habituel. Mais qu'il ait été écrit en 1939 rend les choses plus intéressantes – surtout parce qu'il donne un certain point de vue. Le bas de chaque page ayant été brûlé ou arraché, je n'ai pas obtenu une vue d'ensemble.

— Vraiment ?

Kevin feuilleta le journal. 1939 ? Infos manquantes ou pas, c'était fascinant. Le garçon avait participé à des fouilles. Chaque fois, il avait souffert de la chaleur et de l'inconfort. Alors, comment faisaient ses prédécesseurs à une époque où des commodités considérées maintenant comme acquises n'existaient pas ?

Il voulut tourner la page, mais Daniel l'arrêta.

— Avant que tu continues, tu dois savoir… Au sujet de Sunnydale…

— Oui ?

Daniel chercha ses mots.

— Eh bien… Il s'y passe des phénomènes *étranges*.

— Quoi, par exemple ?

Daniel haussa les épaules.

— Je ne saurais l'expliquer. En tout cas, après avoir vécu ici un moment, tu comprendras. Et tu *accepteras*.

L'universitaire regarda autour de lui – n'importe où plutôt que de croiser le regard de Kevin.

— Je ne peux pas te donner plus de détails. Sinon… tu me croirais fou à lier.

— Je ne vous suis plus du tout, avoua Kevin.

Il avait pour que Daniel, le jugeant stupide, revienne sur sa proposition. Mais c'était la vérité : il ignorait de quoi il voulait parler.

— Je ne m'attendais pas à ce que tu comprennes. Simplement, garde l'esprit ouvert quand tu liras ce qui suit. Aussi dingue que ça puisse paraître de prime abord, ce que décrit le professeur Nuriel… A Sunnydale, ça pourrait marcher !

Abasourdi, Kevin hocha la tête. Daniel l'invita à reprendre sa lecture. Il s'exécuta… et releva les yeux, bouche bée.

« … *j'ai pu en faire une traduction assez claire pour*

74

conclure qu'il s'agit d'un rituel. Il pose comme principe qu'une chose morte peut être ramenée à la vie... »

Kevin recula.

— Daniel, je...

— Bien. Tu as l'œuf et moi le journal. Essayons.

— Quoi ?

Daniel sourit.

— J'ai dit : *essayons*.

— Essayer *quoi* ?

— Le rituel.

Daniel reprit le journal.

— Cet homme – un paléontologue respecté en son temps – a traduit une formule permettant de ramener à la vie un animal fossilisé.

« Ton œuf de timinus entre dans cette catégorie. Tu marches avec moi ?

Kevin n'en crut pas ses oreilles. Une formule... un sort ? De la sorcellerie ? Peu importait le nom qu'on lui donnait, il lui suffisait de regarder Daniel pour comprendre qu'il ne plaisantait pas. Kevin aurait voulu lancer : « *Avez-vous perdu la tête ?* » Il n'osa pas. Dans les petites villes, les gens agissaient... *différemment*. Mais de là à jeter des *sorts* ?

En attendant, peu importait son avis ; il devait suivre Daniel. Sinon, il n'aurait pas d'avenir au sein du Musée d'Histoire Naturelle de Sunnydale. A moins de vouloir passer le reste de l'année scolaire à se morfondre dans son coin, il ne pouvait pas refuser.

— D... d'accord.

— Parfait !

Kevin ne bougeant pas, Daniel lui adressa un sourire patient.

— L'œuf ?

— Oh... oui.

Le garçon ressortit le précieux fossile de sa boîte et le tendit à contrecœur à son mentor.

— Parfait, répéta Daniel. (Il étudia son petit bureau avant de poser un regard chagriné sur Kevin.) Tu me prends pour un dingue ? Si j'ignorais ce qui se passe dans cette ville, je penserais la même chose. Mais crois-moi, des choses plus étranges se produisent régulièrement… Et qu'avons-nous à perdre ? Si ça ne marche pas, il nous restera à jurer de ne jamais parler à personne de cette folie. Je n'ai pas l'intention d'endommager l'œuf. Alors, on essaie ?

Kevin acquiesça. Le truc le plus dément qu'il ait jamais entendu – après l'histoire du gars qui avait attaché des centaines de ballons gonflés à l'hélium à sa chaise longue… L'Air Force avait dû abattre le forcené au-dessus de l'océan.

Mais marmonner quelques mots ne ferait de mal à personne… Surtout qu'il se contenterait du rôle de témoin. Il laissait à Daniel l'honneur douteux de jouer les apprentis sorciers… et de se ridiculiser.

Daniel se leva.

— Prends le journal et suis-moi. Nous allons au labo. (Il rit tout bas.) Nous aurons ce qu'il faut sous la main, comme ça.

Le cœur battant, Kevin obéit et referma la porte derrière eux. Dans quel pétrin s'était-il fourré ? Même les avertissements de M. Régis ne l'avaient pas préparé à ça ! Peu importait que Daniel prétendît vouloir tenter un simple essai. D'évidence, il pensait réussir à ramener l'œuf à la vie. C'était déjà assez dingue… Mais comment ce fou furieux réagirait-il en constatant que c'était impossible ? Deviendrait-il violent… ou accepterait-il son échec avec le sourire ?

— Nous utiliserons le labo d'anthropologie, ajouta Daniel. Viens.

Kevin obéit. Il découvrit une multitude d'objets fascinants dans ce modeste musée… Des momies, une section réservée à la culture précolombienne… Il vit même un merveilleux « zoo » d'insectes. Mais son regard volait d'un élément à l'autre sans rien enregistrer vraiment.

Les choses n'étaient pas censées se dérouler ainsi… Ça n'était pas *normal*.

— Nous y voilà, annonça Daniel. L'expérience est sur le point de commencer.

Il parlait d'un ton léger, percevant sans doute le malaise de Kevin.

Peut-être que tout ça n'est qu'un test ?

Un de ces tours vicieux qu'aimaient jouer les employeurs pour voir si leurs futures recrues savaient obéir sans rechigner, ou prendre des initiatives… Kevin ignorait dans quelle catégorie se rangeait une incantation autour d'un œuf fossilisé, mais… C'était au moins une explication.

Pourvu que ce soit la bonne !

La pièce où l'introduisit Daniel était plus spacieuse et mieux éclairée que son « bureau ». Des tables métalliques étaient disposées sous des étagères lestées de livres et de fournitures diverses, avec notamment du matériel informatique. Là, ils pourraient respirer et se retourner sans risquer de s'écraser le nez contre un mur.

Daniel plaça délicatement l'œuf sur une table dégagée, puis jeta un regard éloquent au journal que tenait Kevin. Le message reçu cinq sur cinq, il le posa à côté du fossile.

— De quoi… euh… aurons-nous besoin ?

Daniel haussa les épaules.

— Eh bien… D'une cage pour le bébé timinus quand il aura éclos. Parfois, on expérimente avec des singes, alors il doit y en avoir dans le coin… Je vais voir.

Il ouvrit un placard métallique et fouilla. Il avait dit « quand », pas « si »… Il ne doutait pas un instant du succès de l'entreprise.

— Et voilà ! fit-il, revenant avec une cage.

Kevin le trouvait étonnamment gai, comme s'il se préparait à des fouilles, pas à une expérience vouée à l'échec. Quel gâchis ! Kevin avait tant souhaité être là... Maintenant, il aurait tout donné pour filer et rentrer chez lui !

Après une intense réflexion, Daniel plaça l'œuf dans la cage et la ferma.

— Très bien. Je vais lire le rituel, maintenant.

Il éclata de rire. Histoire de rassurer Kevin ? Il était beaucoup trop nerveux pour être convaincant. En outre, il y avait... autre chose. De l'espoir, certainement. Daniel essayait d'agir normalement. En surface, cela aurait pu passer pour du bizutage. Mais Kevin n'y croyait plus.

Quand Daniel prit le journal, ses mains tremblaient. Kevin mesura alors toute la gravité de la situation.

Le musée était silencieux comme une tombe. S'il y avait des agents de sécurité, il devait être trop tôt pour leurs rondes. Kevin se surprit à retenir son souffle et à se pencher au-dessus de la cage pendant que Daniel lisait le rituel.

— Ecoutez cet appel, esprits de Ladonithia !

Pas de doute. Il suffisait d'entendre sa voix rauque d'excitation pour comprendre qu'il lui manquait réellement une case.

— Réveillez-vous et revenez des abysses pour habiter cet hôte glacé, le premier de quatre, auxquels combiné, et de celui qui vous ressuscite exaucez le vœu !

Kevin ne comprit rien à ce charabia. Que voulait dire : « Le premier de quatre, auxquels combiné » ? Et la dernière phrase ? Etait-il question d'argent ?

Un craquement sec résonna dans le laboratoire.

Le son d'une coquille d'œuf qui se brise...

Kevin regarda le fossile... et n'en crut pas ses yeux. L'œuf de timinus était entouré d'un halo de lumière bleutée, le genre de lumière irréelle que diffusaient les néons bon marché des bars, à la tombée de la nuit ! La coquille était fissurée...

— Impossible... *Impossible !*

— Erreur ! fit joyeusement Daniel.

Ils tournèrent autour de la cage, observant le miracle. La lueur s'estompa. Elle laissait l'œuf intact – mais plus le moins du monde fossilisé.

La coquille était d'un beau jaune pâle veiné d'or. L'œuf avait la grosseur d'un ballon de football destiné aux tout petits. Un liquide clair suintait de la fissure, évoquant une blessure qui se serait rouverte. Chaque craquement résonnait comme un coup de tonnerre sous le crâne de Kevin.

Quand des pépiements se firent entendre, Kevin frôla la syncope.

Un dernier *crac !* Et l'œuf se brisa en deux.

Daniel et Kevin reculèrent, avant de reprendre leur position initiale. Quelque chose était en train de naître... Des griffes minuscules parurent, glissant dans le fluide embryonnaire sanguinolent, suivies par des doigts, puis des membres dorés tachés de brun.

— Ça ne peut pas être réel, dit Kevin d'une voix rauque. Ça...

— Je te l'avais bien dit ! coupa Daniel. Parfois, il se passe des choses étranges à Sunnydale. Comme *celle-là*.

J'ai bien cru qu'il ne s'en irait jamais.

Kevin était resté près de quatre heures après l'éclosion. Et encore, s'il n'avait pas eu peur que ses parents s'inquiètent, il n'aurait pas été près de décamper... Daniel en avait eu assez de l'avoir dans les jambes dès l'instant où le bébé timinus était né. Après tout, il avait obtenu ce qu'il voulait – l'œuf.

Kevin Sanderson ne lui servait plus à rien.

Daniel arriva au musée beaucoup plus tôt que d'habitude. Il fila vers son bureau fermé à clé, anxieux de s'assurer que le timinus se portait bien. S'il l'avait pu, il l'aurait emmené chez lui. Mais seuls les membres importants du personnel emportaient du travail à faire à la maison. Il n'osait imaginer ce qui se serait passé s'il avait été arrêté et fouillé par la sécurité…

Le jeune homme avait dû laisser la créature au musée. Dieu merci, elle allait bien !

Daniel regarda le dinosaure. La petite créature descendait d'une race éteinte depuis bien plus longtemps que n'existait l'homme. De la tête à la queue, elle mesurait près de quarante centimètres. Il n'était pas difficile de voir les similitudes entre les oiseaux modernes et elle : un bec dépourvu de dents, un corps rond, des membres élancés et un long cou. En postulant que le timinus avait ressemblé à une autruche, les paléontologues ne s'étaient pas trompés.

Daniel consulta sa montre et ouvrit son sac. A deux pâtés de maisons du centre commercial de Sunnydale, une modeste animalerie tenait bon malgré la concurrence. On y trouvait les habituels chiots, chatons, souris et autres cochons d'Inde, mais aussi des créatures plus « exotiques » comme des cobras ou des crapauds venimeux d'Amérique du Sud. Le jeune homme y avait même vu, une fois, un dragon de Komodo.

Il ignorait comment les propriétaires pouvaient en importer – et il s'en fichait. Le principal, c'était d'avoir pu acheter une poignée de souris blanches à un prix modique. Son petit protégé ne se contenterait pas d'eau fraîche.

Il fallut à Daniel un instant pour jeter deux souris dans la cage…

… et moins de temps encore au timinus pour les dévorer.

Le jeune paléontologue laissa échapper un petit cri

quand le sang des rongeurs aspergea les barreaux et les documents, sur son bureau. Le bébé dinosaure déchiquetait son repas avec une férocité inattendue. Cette espèce de taille moyenne était censée se nourrir d'insectes et de petits mammifères ! Comment un être à peine sorti de l'œuf pouvait-il se montrer si agressif ?

Daniel le regarda avec un mélange d'horreur et de fascination. Repu, le timinus se nettoya avec soin, à la manière d'un oiseau ou d'un chat. Etait-ce un tour de son imagination, ou… avait-il grossi ? Visiblement, ce repas avait donné des forces au bébé dinosaure, mais Daniel aurait pu jurer qu'il l'avait aussi fait grandir…

Daniel…

Le jeune homme sursauta et regarda vivement autour de lui, manquant renverser une pile de dossiers. Il était seul. Personne n'aurait pu entrer dans la pièce minuscule sans qu'il s'en aperçoive. Et il avait pris soin de fermer à clé derrière lui.

Alors…

Exaucer le vœu…

— Quoi ?

Il baissa les paupières et se massa le front. Ces paroles… Il les avait déjà entendues. Quand il rouvrit les yeux, la première chose qu'il vit fut le timinus assis dans sa cage. Posé à côté, il y avait le journal de Muriel. Oui… « Exaucez le vœu » était la dernière phrase de l'incantation qui avait ramené l'œuf fossilisé à la vie.

Et il l'avait prononcée.

Cette voix, cette… *présence…* dans son esprit insinuait-elle qu'il serait récompensé ?

— Célèbre…, balbutia-t-il. Je veux être célèbre pour que tous au musée me connaissent !

Il n'aurait pas formulé son vœu ainsi s'il avait pris le soin d'y réfléchir, mais dans l'excitation entourant la naissance de la petite créature, il avait oublié l'incantation.

— Je veux dire…

— *Tu n'as pas fait ta part.*

Daniel se tut, étonné.

— Mais je… t'ai ramené à la vie ! dit-il au bébé dinosaure.

Il se sentait aussi stupide que s'il parlait seul, ou à un vulgaire animal. Pourtant… Il avait sous les yeux la preuve que l'impossible pouvait devenir réalité.

— Que veux-tu ?

— *Le premier de quatre, auxquels combiné…*

— Quoi ? Je ne comprends pas.

— *Libère-moi*, murmura la voix dans sa tête.

Daniel vit les yeux du timinus briller d'une lueur mauvaise.

— *Libère-moi et ramène les trois autres à la vie…*

— Trois autres ? répéta le jeune paléontologue dépassé.

Le timinus… Le premier ? Daniel devait en ressusciter trois autres ?

— Pourquoi ?

Qui que fût l'entité qui avait envahi son esprit, il crut la sentir *sourire*.

— *Ne désires-tu pas que ton vœu se réalise, Daniel Addison ? N'as-tu pas rêvé d'être… célèbre ?*

Daniel s'assoit et ferma les yeux. Il ne pensait déjà plus qu'à la terrible tentation.

CHAPITRE VI

Buffy aimait sa mère, mais ce soir, elle se disait qu'une triple extraction dentaire – faite par le proviseur Snyder, avec des tenailles – serait une expérience plus amusante qu'un dîner le vendredi soir à la maison.

Evidemment, on se régalait. Joyce Summers était un cordon bleu. Elle mettait un soin particulier à cuisiner quand Buffy ne risquait pas de disparaître avec ses amis ou d'aller patrouiller avant que les plats ne soient sur la table. Mais depuis que Joyce avait découvert que sa fille était la Tueuse – devant combattre, Seigneur ! des tigres, des lions et des vampires –, Buffy voyait dans ces repas une version « Summerisée » de la Cène.

Pour couronner le tout, Joyce en profitait pour parler de l'université. Faisant fi de la situation de sa fille, elle ne cessait de lui conseiller de s'inscrire à l'autre bout du pays.

— Et voilà ! annonça gaiement Joyce en présentant une coupe de mousse au chocolat surmontée de crème chantilly.

— C'est très bon, dit Buffy avec sincérité après y avoir goûté. Je…

— Que penses-tu de l'Université d'Arizona ?

Joyce remua son dessert avec un enthousiasme qui mit Buffy mal à l'aise.

— Tucson est à six ou sept heures de Los Angeles. On propose des cours très variés. Savais-tu qu'en 1998, l'école agricole a organisé la fête du Désherbage des Champs d'Oignons ?

Buffy était sur le point de protester... Exactement le genre de conversation qui n'en finissait jamais ! Mais cette dernière remarque la désarçonna.

— Quoi ?

— Je ne dis pas que tu devrais envisager une carrière dans le domaine agricole, mais c'est très diversifié. Il y a aussi l'Université d'Etat de l'Arizona, près de Phœnix, qui est à quatre...

— Ne parlons plus d'université pour le moment, d'accord, maman ? Mon cerveau est déjà en surcharge, alors...

Sa mère parut sur le point d'ajouter quelque chose, mais elle se ravisa. Lèvres pincées, elle baissa le nez sur sa coupe. Buffy remua la sienne. Mise au point nécessaire ou pas, elle se sentait coupable. Elle était ce qu'elle était – la Tueuse – mais comprenait que sa mère veuille la protéger.

— As-tu entendu la nouvelle ? dit Joyce après un silence inconfortable. Il paraît qu'un animal sauvage rôde en ville.

Ah... enfin quelque chose d'intéressant.

— Quel genre d'animal ? demanda la jeune fille, tous les sens en alerte.

Joyce haussa les épaules.

— D'après certaines personnes, il s'agirait d'un alligator. Les propriétaires s'en seraient débarrassés dans les toilettes. Coup classique, l'animal serait remonté à la surface... D'autres jurent que ça ressemble à un dragon de Komodo. En vérité, personne ne l'a vu. La police est persuadée que c'est un chien errant.

Buffy regarda fixement sa mère.

— Un *dragon* ?

Joyce eut un petit sourire.

— Pas une de ces créatures légendaires qui crachent

le feu, rassure-toi. Je ne vois pas comment nous pourrions avoir un dragon de Komodo ici. Cette race est pratiquement éteinte. On la trouve encore dans une seule partie du globe…

Buffy se rembrunit.

— Bien sûr, ils sont gros et rapides. Ils mordent leur proie et la traquent sans répit.

L'air écœuré, Joyce secoua la tête.

— Mais nous n'avons pas ce genre de monstres à Sunnydale. Même au zoo.

— Si ce n'est ni un dragon ni un chien errant, que se passe-t-il ? demanda Buffy. Hystérie collective ?

— Eh bien, des gens ont retrouvé dans leur jardin les restes de leurs animaux domestiques, au matin.

Buffy se redressa vivement, oubliant son dessert en dépit de son amour du chocolat.

— Cette chose *mange* les chiens ?

Joyce hocha la tête.

— Pas dans notre voisinage, mais pas très loin.

Il pouvait s'agir d'un dragon machin-chose. Mais les espèces en voie de disparition n'étaient pas vraiment le style de la Bouche de l'Enfer… Un gobelin avec une dentition à faire pâlir d'envie un requin blanc était plus probable. Ou une des créatures qu'elle avait combattues quand le Roi des Aulnes et sa Chasse Sauvage étaient passés en ville… De vrais petits amours, ces mini-monstres, avec leurs dentitions en lame de rasoir… *beurk !*

Mais ils se déplaçaient en meute, alors c'était peut-être quand même un…

Dans la rue, un homme cria.

Buffy bondit, se précipita vers la porte et sortit. Il lui fallut un instant pour repérer l'endroit d'où venaient les cris : la maison du type qui avait emménagé deux semaines plus tôt… La jeune fille ne se souvenait pas de son nom, mais il avait un chien amical et hyperactif baptisé Mutzoïd. L'homme le lui avait dit quand elle s'était arrêtée pour caresser son animal, un soir.

Le chien aboya.

Buffy fonça chez son voisin. Entendant sa mère crier, elle s'avisa – trop tard – qu'elle était sortie sans pieu ni eau bénite. Tant pis. De toute manière, elle n'en aurait pas besoin. Elle suivit les bruits de lutte jusque derrière la maison, notant au passage que la clôture en bois du jardin était endommagée.

— Recule ! Allez… *Fiche le camp !*

La voix était rauque et paniquée, les mots presque incompréhensibles ; les aboiements du chien s'étaient transformés en hurlements. La clôture n'étant pas très haute, Buffy sauta par-dessus…

… Et faillit tomber à la renverse de saisissement.

Le monstre *était* un dragon.

En quelque sorte… Dépourvue d'ailes et ne crachant pas de flammes par les naseaux, la créature qui avait acculé Mutzoïd et son propriétaire contre le mur du garage ressemblait néanmoins beaucoup aux illustrations que la Tueuse avait vues – en plus petit. De son drôle de museau allongé à sa queue qui fouettait les airs, la bête mesurait un mètre vingt. Sa peau avait les couleurs d'un reptile des régions désertiques. Elle se mouvait exactement comme les monstres de cinéma, claquant des mâchoires, le cou tendu, et poussant d'affreux *scriiii ! scriiii !*

— Eh ! rugit Buffy. Tu réveilles les voisins !

La créature tourna le cou. Plutôt mignonne, avec une tête d'oiseau et de petits yeux…

— Buffy, attention !

Du sang dégoulinait du bec de la créature, preuve qu'elle avait goûté au pauvre Mutzoïd… Son instinct de Tueuse la sauva alors que le monstre était presque sur elle. Buffy esquiva et flanqua à son adversaire un coup de pied tournant qui l'envoya bouler à deux mètres. Mais la bête était plus lourde qu'il n'y paraissait – un peu comme une très grosse dinde. Contrariée, Buffy la vit se relever presque aussitôt… et hésiter visiblement entre deux proies… La jeune fille eut l'honneur douteux d'être la première.

J'ai l'habitude…

La créature revint à la charge. Mais Buffy avait un plan. Elle fit mine de plonger sur la gauche, avant d'exécuter une roulade sur la droite, évitant l'attaque. Puis elle s'empara du couvercle cabossé de la poubelle, le brandissant comme un bouclier.

Quand la bête fondit sur elle, la Tueuse l'affronta à la manière d'un gladiateur, lui flanquant au passage un rude coup sur le crâne.

Soudain, elle eut l'impression d'avoir des ailes, se faisant l'effet d'un boxeur expédié dans les cordes par un uppercut… Le choc passé, elle resta sans réaction.

— Ça va, Buffy ? cria Joyce, qui accourait. (Elle s'arrêta net en découvrant le corps du vaincu.) Qu… qu'est-ce donc ?

— Ton dragon, je crois…, répondit Buffy.

Elle approcha prudemment de l'étrange animal, le propriétaire de Mutzoïd – qui tenait le chien par son collier –, sur les talons.

— Il est mort ? demanda-t-il d'une voix tremblante. Bon sang, il voulait tuer mon chien !

— Non, il respire encore…

Buffy retourna la poubelle, éparpillant les sacs.

— Aidez-moi à mettre cette créature en boîte avant qu'elle ne se réveille.

Joyce la regarda comme si elle avait perdu l'esprit.

— Tu veux la *toucher* ?

— En ce moment, je suis à court de laisse et de muselière pour dragon, maman.

Joyce voulut répliquer, mais se ravisa et contourna la créature d'une démarche hésitante.

— La queue en premier, décida la Tueuse. Ses pattes postérieures sont très musclées. Il ne faudrait pas qu'il puisse se libérer en poussant sur le couvercle.

— Je m'appelle Russ, dit l'homme à Joyce.

Dieu merci, il n'avait pas attendu que la jeune fille fasse les présentations... Elle en aurait été incapable, puisqu'elle ne se souvenait pas de son nom. Blessé, le chien gémissait.

— Je rentre Mutzoïd et je reviens vous aider.

— Mutzoïd ? répéta Joyce, sidérée. Il a appelé son chien Mutzoïd ?

— Maman ! fit Buffy exaspérée. Le dragon, tu te rappelles ? Avant qu'il ne se réveille et essaie de nous gober, il vaudrait mieux...

Se taisant, elle sonda le jardin... Etaient-ce des voix qu'elle entendait ? Le vendredi soir, la plupart des gens étaient de sortie – mais pas tous. Pourvu que le voisinage ne rapplique pas pour se répandre en spéculations sur la créature !

Il y a quelque chose, au sujet de ses yeux...

— Oh... Oui, tu as raison.

Joyce recommença à faire le tour de l'animal. Russ réapparut avec un sourire crispé à l'attention de Mme Summers. Buffy réalisa que c'était un bel homme, la quarantaine, avec des cheveux blonds et des yeux bleus.

— Que faisons-nous ?

— Prenez-lui la gueule, demanda Buffy. Maman et moi soulèverons son arrière-train pour le fourrer dans la poubelle. Mais attention, s'il se réveille, il risque de mordre.

— Ça, je le sais ! marmonna Russ.

La créature était plus lourde qu'elle n'en avait l'air. La glisser dans la poubelle ne fut pas une mince affaire, mais ils réussirent en un temps record. Et pas une seconde trop tôt ! Buffy avait à peine refermé le couvercle quand la bête, revenue à elle, tenta de se sauver. Joyce et sa fille pesèrent sur le couvercle de tout leur poids.

— Il faut quelque chose pour maintenir le couvercle fermé ! cria Buffy. Auriez-vous une ceinture ou… ?

— Tenez bon, j'ai une corde dans le garage !

Russ courut la chercher, laissant les deux femmes s'occuper du « dragon » furieux.

— Buffy…, haleta Joyce. Et s'il nous échappe ?

— Pas question ! *Russ !*

— Je l'ai ! cria l'homme.

Il revint avec une corde épaisse qu'il passa par-dessus le couvercle, dans les poignées, puis sous la poubelle que la mère et la fille inclinèrent pour lui faciliter la tâche. Alors qu'il nouait les deux extrémités, le « dragon » se calma, comme s'il avait compris qu'il ne s'échapperait pas.

— L'animal est sous contrôle, dit Buffy.

Elle se massa le front d'une main crasseuse. Beurk ! Elle aurait besoin d'une douche et d'habits de rechange. Mais elle n'en avait pas le temps.

— A propos, je ferais mieux d'appeler la fourrière, soupira Russ.

— Non ! cria Buffy.

Un peu trop vite. Quand l'homme la dévisagea, elle essaya de rattraper sa bévue.

Maman et moi nous en chargerons. Nous allons l'emmener…

— Un de nos amis travaille pour le zoo, coupa Joyce d'une voix suave. Il sera enchanté de jeter un coup d'œil à cette créature.

Buffy aurait pu l'embrasser !

Russ les regarda.

— Mais c'est un dragon…

— Non, je ne crois pas. C'est plutôt une sorte de… gros *oiseau*. N'est-ce pas, maman ?

— Exactement.

L'air sceptique, Russ haussa néanmoins les épaules.

— Peu importe, du moment que vous nous en débarrassez.

— Comptez sur nous ! dit gaiement Buffy. Nous l'emmènerons dans le coffre de notre voiture. Comme ça, nous n'aurons pas à attendre que les types de la fourrière daignent se déplacer.

« Maman ?

— J'amène la voiture.

Buffy sourit. Dire que cinq minutes plus tôt, elle se battait contre un dragon ! Elle attendit en compagnie de Russ – davantage pour l'empêcher d'appeler la fourrière que pour garder un œil sur la créature. Parfois, les adultes agissaient mal dès qu'on avait le dos tourné.

Elle ne fut pas mécontente quand ils eurent mis la poubelle dans le coffre.

— Etes-vous certaines de vouloir l'emmener ? insista Russ en regardant le coffre grand ouvert.

Et qui devrait le rester.

— Il pourrait s'échapper, ajouta-t-il.

— Pas de danger, assura Buffy d'un ton solennel. Nous contrôlons la situation.

— Et notre ami est un expert, renchérit Joyce.

Russ croisa les bras, guère convaincu.

— Expert en quoi ?

Joyce eut un regard absent.

— Il fait des recherches, dit Buffy. Sur les animaux méconnus.

L'homme haussa encore les épaules.

— Eh bien, je…

— Il faut que nous y allions.

Buffy prit sa mère par un bras et la tira vers la voiture.

— Nous aurions aimé bavarder un moment, mais plus vite cette créature sera en cage, mieux ça vaudra.

90

Et nous devons nous hâter d'intercepter l'ami de maman avant qu'il ne rentre chez lui.

— D'ailleurs, ajouta Joyce, ne devriez-vous pas vous occuper de Mu… Mu…

— Mutzoïd, souffla Buffy. Il faudrait peut-être que vous l'emmeniez chez le vétérinaire.

Russ se rembrunit.

— Vous avez raison.

Il tint la portière à Joyce, puis la claqua.

— Soyez prudentes !

— Promis, répondit-elle.

Russ hocha la tête, puis tourna les talons et rentra chez lui. Buffy se détendit.

Sa mère la regarda boucler sa ceinture.

— Où allons-nous ?

— Chez Giles, bien sûr.

— Seigneur ! soupira Joyce. Pourquoi n'y ai-je pas pensé toute seule ?

— Bonsoir, dit une voix sensuelle de femme. Vous devez être Oz et Devon.

Occupé à réparer un des haut-parleurs, Oz tourna la tête. Devon déroulait un câble électrique. Les deux jeunes gens se levèrent avec un bel ensemble et avancèrent vers leur visiteuse.

— Je suis Alysa Barbrick. J'espère qu'il n'est pas trop tôt pour que nous parlions. Arriver en avance m'a paru une bonne idée, histoire de m'imprégner de l'ambiance.

Devon le charmeur lui serra la main le premier.

Alysa était grande – près d'un mètre quatre-vingt – mince, avec de courts cheveux brun roux ébouriffés. Son regard souligné par trop de khôl lui durcissait les traits, la vieillissant. Sa robe noire très ajustée faisait plus cocktail mondain que *Bronze* – encore que cela se discutât. Quoi qu'il en soit, la jeune femme savait impressionner les gens – ce qui était loin d'être le cas des Dingoes.

— Enchanté ! dit Devon avec un franc sourire.

— Moi aussi, ajouta Oz, flegmatique.

Baissant les yeux sur sa main, il vit qu'Alysa y avait glissé une carte de visite.

Efficace.

Elle désigna leur équipement.

— Je ne voudrais pas retarder votre installation. Continuez, je vous en prie, pendant que je vous parle de mes services. (Elle regarda sa montre.) Désolée, mais je ne pourrai pas rester jusqu'à la fin du concert. Je dois voir une ou deux autres personnes, puis je partirai vers vingt et une heures trente – j'ai rendez-vous à Marlow à vingt-trois heures.

— Vingt-trois heures, c'est un peu tard pour un rendez-vous, observa Oz.

Leur impresario potentiel assistant à la première partie du concert, les Dingoes auraient intérêt à interpréter d'abord leurs meilleurs morceaux.

Alysa sourit. Rien ne semblait échapper à ses yeux gris clair.

— Ce genre d'affaires se traite la nuit.

— Alors, que proposez-vous ? demanda Devon.

— A condition que j'aime ce que j'entendrai ce soir, je pourrais vous être très utile. Donnez-moi trois mois et L.A. vous ouvrira les bras !

Ils la dévisagèrent, abasourdis.

— Nous quitterions… Sunnydale ? demanda Oz.

N'était-ce pas leur objectif ? Il tourna la tête vers la table de Willow et d'Alex. Les deux amis contenaient à peine leur excitation. Oz n'avait pas pu les convaincre de venir seulement après leur entretien avec Alysa.

La jeune femme suivit son regard.

— Ah, fit-elle. Vous avez des amis, ici.

— Ça n'empêche pas de parler, dit Devon.

Alysa ne connaissait pas assez le chanteur pour avoir capté le léger tremblement dans sa voix. Oz ne pouvait blâmer son partenaire. Même pour Devon, ce genre de promesse, venant d'une parfaite inconnue, c'était un peu gros.

— Font-ils partie du groupe ?

— Pardon ?

— Font-ils partie du groupe ? répéta Alysa. Vos amis, à la table ?

Il secoua la tête.

— Non, de notre public… en quelque sorte.

— Il y a beaucoup à faire quand un groupe part en tournée… (Elle sortit une demi-douzaine de cartes de visite.) L'emploi du temps, le matériel, les relations publiques, la publicité, les courses… Si vos amis voulaient jouer le jeu et s'intégrer à mon équipe, ils ne chômeraient pas !

— Parlons chiffres, demanda Devon avant qu'Oz ait pu digérer tout cela.

— Trente-cinq pour cent, plus les dépenses, répondit Alysa sur un ton qui ne laissait pas place à la négociation. Elles incluent la nourriture, la publicité, le téléphone et les voyages.

« Si vous n'avez pas de moyen de transport, à vous de vous débrouiller. Et vous apportez le matériel, bien sûr.

Devon se plongea dans un calcul mental.

— Une fois les factures payées, ça ne nous laisse pas grand-chose, grogna Oz.

— Ce sera amplement suffisant, dit Alysa. A mesure que votre popularité grandira, les clubs se chargeront eux-mêmes de la pub, puisque votre nom attirera du monde. Et je demanderai plus cher pour vous avoir. Ça marche.

Oz n'en était pas si sûr. Mais avoir quelqu'un pour s'occuper de tout était très tentant.

— Et dans le cas d'un contrat avec une maison de disque ? demanda-t-il.

— Nous en reparlerons en temps voulu. Je connais des gens influents dans l'industrie du disque. Si je demande à l'un d'eux de venir vous écouter, il ne me fera pas faux bond. Accomplissez correctement votre part du contrat et j'assurerai la mienne.

Elle eut un sourire faussement chaleureux qui n'atteignit jamais ses yeux gris. Puis elle désigna Willow et Alex.

— Une grande famille, ça peut être sympa. N'allez-vous pas me présenter à vos amis ?

Surpris, Oz hocha la tête.

— Euh… sûr.

Il leur fit signe d'approcher. Les jeunes gens ne se firent pas prier.

— Voici Willow. Et Alex.

Quelqu'un toussota poliment derrière lui. Surpris, Oz se retourna.

— Oh, et lui, c'est Angel.

Avant que les autres puissent réagir, Angel s'était approché pour serrer la main d'Alysa. Si le vampire resta impassible, Oz le connaissait trop bien pour ne pas remarquer qu'il plissait légèrement les yeux.

— Nous sommes-nous déjà rencontrés ? J'ai l'impression de vous connaître.

— Je ne crois pas, répondit Alysa en souriant. Je me serais certainement souvenue d'un bel homme comme vous. Peut-être m'avez-vous aperçue dans un des clubs où se produisent mes poulains ? Faites-vous partie du groupe ?

Angel secoua la tête.

— Non, je suis un ami. C'est tout.

La jeune femme hocha la tête.

— Je vois. Encore un.

Elle les regarda tous, puis sourit à Oz et à Devon.

— Vous êtes très entourés, n'est-ce pas ? Pas de problème… Je trouverai de la place pour tout le monde.

Elle étudia Angel, pensive.

— Vous feriez un parfait garde du corps pendant les tournées. Qu'en dites-vous ?

— Je voyage très mal.

— Il est un peu comme un fruit… périssable, intervint Alex. Mais… vous connaissez des gens, non ? A Hollywood, je veux dire.

— Ah, fit Alysa. Un aspirant acteur.

Alex écarquilla les yeux.

— Moi ? Non ! Enfin… J'ai des talents.

— Un homme à tout faire… C'est toujours utile.

Si Alex fut blessé par le ton condescendant, il n'en laissa rien paraître.

— Appelez-moi Général X ! fit-il avec enthousiasme. A votre service.

Le regard d'Alysa se posa sur Willow.

— Et vous… Willow, c'est bien ça ? Un très joli nom. Quel rôle aimeriez-vous jouer ?

La jeune fille cilla, nerveuse.

— Moi ? Oh… Je… suis bien ici. Vraiment.

Alysa eut l'air surprise.

— Ne voulez-vous pas partir avec les Dingoes ? Avec Oz ?

— Partir ? Eh bien…

— C'est la fée des ordinateurs, dit Alex.

— Je vois. Vous avez ma carte, si vous changez d'avis. Ou…

Elle marqua une pause, son cerveau fonctionnant visiblement à toute allure.

— Peut-être pourriez-vous créer un site Internet sur les Dingoes, et un autre pour chacun de mes groupes… Qu'en dites-vous ? Nous ne nous servons pas encore du Net et c'est regrettable. Je comptais y remédier de toute façon. Ça nous serait très bénéfique, comme vous devez le savoir.

Voyant bouille Willow, Alysa se tourna de nouveau vers Oz.

— Comme je vous le disais, j'ai d'autres gens à voir. Je vous laisse. Je serai dans les parages pendant deux heures. Rendez-vous ici demain soir. Je vous livrerai mon avis sur votre prestation.

Elle leur donna à tous une poignée de main très professionnelle.

— Je peux faire des miracles pour vous, les garçons. Ce qu'il vous faut, c'est le bon guide.

Oz et ses amis la regardèrent s'éloigner. Angel jeta un coup d'œil vers la table abandonnée.

— Je cherche Buffy. L'avez-vous vue ?

— Pourquoi ? demanda Alex. Que…

Willow lui flanqua un coup de coude.

— Elle est en patrouille, répondit-elle au vampire. Mais elle doit nous rejoindre.

Angel la remercia d'un hochement de tête. Puis, comme à son habitude, il sembla se fondre dans les ombres. Oz regarda de nouveau Alysa s'éloigner, admirant sa démarche pleine d'assurance. Et pourquoi pas ? Si elle avait les contacts nécessaires pour les rendre célèbres…

Oz se tourna vers ses amis. Devon et Alex bavardaient en riant. Willow écoutait sans rien dire.

La porte se referma sur Alysa Barbrick. Reviendrait-elle vraiment pour assister au concert ? Quelle question ! Comment pourrait-elle représenter un groupe sans connaître sa musique ?

Elle reviendrait. Quant à Willow, Oz espérait qu'elle réfléchirait à la proposition de la jeune femme. Alysa avait raison : ils avaient besoin d'un guide.

— Alors, c'est… quoi ? Bébé Godzilla ?

— Hum…, lâcha simplement Giles.

Il faisait les cent pas devant la cage qui contenait les armes de Buffy – et emprisonnait Oz, lors de ses trois nuits de sauvagerie mensuelle.

— Attendez…, continua la jeune fille. Pas Bébé Godzilla… Peter Pan !

— Hum-hum.

Le bibliothécaire ôta ses lunettes, lorgna la créature, puis les rechaussa. L'être avait l'air d'un animal, pourtant une intelligence inquiétante brillait au fond de ses yeux…

Il n'aimait pas cela.

— *Giles !*

Il pivota.

— Quoi ?

La Tueuse, un peu crottée après sa lutte, le foudroya du regard, les poings sur les hanches.

— Pourriez-vous cesser de grogner « hum » à tout bout de champ et me répondre ?

— Hum. Euh… ! Quelle était la question ?

Buffy leva les yeux au ciel.

— Je vous ai demandé ce que c'était. J'ai l'impression que vous étudiez cette bestiole depuis des heures. Vous devez avoir une théorie, non ?

— Une théorie… Eh bien… J'ignore à quoi nous avons affaire, en vérité.

Il se tourna de nouveau vers la cage, heureux que Buffy et lui aient convaincu Joyce de rentrer. La jeune fille avait patrouillé dans le voisinage, s'assurant qu'il n'y avait pas d'autres créatures similaires en liberté. Giles avait potassé tous les traités de démons capables de prendre des formes animales. Sans succès.

— Cette bête est vaguement reptilienne, mais je ne m'y connais guère en herpétologie. Elle a un bec d'oiseau et une longue queue. On…

Il se tut et secoua la tête, amusé.

— Quoi ? demanda Buffy.

— Rien. C'est ridicule. Seulement… Non, oublie ça.

— Giles ! *Moi Tueuse, vous Observateur* ! Dites-moi tout !

— Eh bien… (Il jeta un coup d'œil à la créature, hésitant encore.) Mes connaissances en paléontologie sont limitées, mais… Ne trouves-tu pas que cette chose ressemble à un dinosaure ?

Buffy écarquilla les yeux. L'instant suivant, des éclats de voix leur parvinrent. La porte de la bibliothèque s'ouvrit.

— C'est ça ! dit Oz en approchant de la cage, Willow et Alex sur les talons. C'est un timinus.

— Un tim… quoi ? demanda Alex.

Il approcha de la cage ; la créature bondit.

— Eh !

Alex se jeta en arrière. Le prisonnier heurta les barreaux puis retomba sur le sol, le faisant trembler. Il se releva pour emplir l'air de ses cris stridents. Pire que la cage des singes, au zoo, à l'heure du repas !

— Seigneur ! fit Giles, étonné. Quelle agressivité !

— Surtout pour un animal censé se nourrir d'insectes et de petits mammifères, renchérit Oz.

— Ce n'est pas normal, dit Buffy. On croirait qu'elle est… déformée… Les dinosaures de *Jurassic Park* ont des dents.

— On ne voit pas ça tous les jours, c'est sûr, dit Alex. Et je doute qu'elle vienne de l'*Animalerie de Bob*. Où l'as-tu trouvée ?

— Elle a attaqué le chien de mon voisin.

— Que sais-tu à son sujet, Oz ? demanda Giles. Es-tu certain que c'est un… dinosaure ?

— Absolument. Il vient du pays d'en bas.

— D'Amérique du Sud ? demanda Alex.

— D'Australie, rectifia Willow avec une infinie patience.

— On dirait un gros oiseau, dit Buffy. Une dinde ou une…

— … Une autruche, termina Oz. Selon l'avis autorisé des paléontologues.

Il approcha de la cage.

— Fais attention, l'avertit Giles. Pour une créature censée se nourrir de petites proies, elle est très hostile.

— C'est à cause de la cage.

L'Observateur cligna des yeux.

— Oh, je, euh…

— Les paléontologues pensent que le timinus hibernait l'hiver. Comme certains mammifères.

— Je croyais que c'étaient des créatures à sang froid, s'étonna Giles. A l'instar des serpents.

— Info erronée, lâcha Oz, laconique.

Il rejoignit Willow.

Très nerveuse, elle se tenait à bonne distance de la cage.

— Une autruche, hcin ? fit Alex, lançant un regard noir à la créature qui avait eu l'audace de l'intimider. Leur viande n'a-t-elle pas un goût de poulet ?

— De bœuf, corrigea Oz. De bœuf *très* riche.

— Tu as mangé de l'autruche ? s'écria Willow, horrifiée. Mais elles sont si… si…

— … Grosses, coupa Giles. Enormes pour des oiseaux, non ?

Sans quitter le dinosaure des yeux, il se plaça derrière Oz. Comme souvent avec les trop nombreuses questions qui lui traversaient l'esprit depuis deux ans, il hésita à poser celle qu'il avait sur le bout de la langue.

— Oz…

— Il est encore jeune.

Le musicien se retourna.

— Il fait environ un mètre vingt de long. A l'âge adulte, le timinus mesurait entre un mètre vingt et un mètre cinquante de *haut* et faisait plus de trois mètres de long.

Buffy en resta bouche bée.

— Mon Dieu...

— Le zoo ! s'écria Willow. Nous devons le donner au zoo... ou...

— Un instant, les enfants, coupa Alex. Pourrions-nous rester calmes et penser un peu ADN ? *D'où vient-il, bon sang ?*

Giles ouvrit la bouche... et la referma. Il n'avait pas de réponse. Tous se regardèrent. Puis ils se tournèrent vers le dinosaure.

— Oh..., souffla le bibliothécaire.

La créature dardait sur ses geôliers des yeux brillants.

— Je crois qu'Oz n'a pas entièrement raison quand il parle de dinosaure, dit Giles.

— Pourquoi ?

L'Observateur prit une grande inspiration.

— Un démon habite son corps.

CHAPITRE VII

— J'essaye de te joindre depuis jeudi après-midi ! grogna Kevin, irrité.

Il faisait de gros efforts pour que sa voix ne trahisse pas sa colère… Sans grand succès.

Et tu sais quoi ? Je m'en fiche. J'ai tous les droits d'être furax !

— La réception m'a dit que tu étais là, mais que tu ne répondais pas. N'as-tu pas eu mes messages ?

Penché sur son bureau, croulant sous plus de paperasses que lors de la première visite de Kevin, Daniel haussa les épaules.

Ça veut dire oui ou non ?

Peut-être qu'il s'en fichait, lui aussi.

— J'étais très pris, répondit-il, éludant la question. Avec…

— … le timinus. Vit-il toujours ?

— Il s'est… échappé.

Kevin le dévisagea, incrédule.

— *Quoi ?*

— La cage n'était pas assez solide.

— Où est-il allé ?

— Si je le savais, je l'aurais ramené depuis longtemps.

— Daniel !

La colère de Kevin s'était envolée pour céder la place à du désarroi.

101

— Comment peux-tu prendre cette affaire à la légère ? Cette créature est un prédateur féroce ! Elle s'attaquera aux chats, aux chiens... aux enfants, pour l'amour de Dieu !

— Les gens l'attraperont, répondit Daniel, faisant montre d'une belle assurance. Un flic l'abattra avant qu'un accident ne se produise, tu verras. Personne ne découvrira le pot aux roses.

Kevin ne fut pas mécontent de constater que son mentor avait quelque peu perdu de sa morgue... Il s'appuya au chambranle de la porte.

— Voir cette chose revenir à la vie était tellement... *incroyable*. Qu'elle soit... partie maintenant... Ça me dépasse.

— J'avoue que j'ai aussi du mal à réaliser, souffla Daniel.

Il resta silencieux un moment, puis son expression s'adoucit et il se massa les tempes comme pour chasser un mal de tête.

— Ecoute, je suis désolé de ne pas t'avoir rappelé. Je me suis conduit comme un idiot. Je... flippais. Tu m'as confié ton œuf, nous avons accompli un prodige et voilà que je laisse notre timinus s'envoler ! C'était dur à admettre.

Il soupira.

— J'ai vu toutes nos chances d'avancement nous échapper. Navré.

Kevin ne répondit rien. Le ton de son mentor l'avait blessé, mais ses excuses firent des miracles.

— Oublions ça. Et maintenant ?

Daniel eut de nouveau l'air découragé.

— Nous ne retrouverons jamais le timinus, dit-il, les poings serrés. J'espérais tant de sa résurrection...

« Mais le passé est le passé. J'essaye de dénicher d'autres œufs fossilisés, pour renouveler l'expérience. Ceux du musée sont sous clé ou exposés. Je doute fort que mes vieux croûtons de collègues me laissent emprunter un de leurs précieux fossiles... D'autant que je n'ai aucune excuse valable à fournir.

Il semblait écœuré et déçu.

Kevin n'y tint plus. Ce fut plus fort que lui.

— Tu veux *recommencer* ? Alors que le timinus s'est enfui ? Tu es dingue ou quoi ?

— Evidemment ! répliqua Daniel. N'en as-tu pas envie ? Crois-tu que quiconque hésiterait à notre place ? Cette fois, je serai mieux préparé. La créature ne m'échappera plus. Notre seul problème est de nous emparer d'un autre œuf.

Kevin garda le silence. De la folie furieuse, tout ça... Daniel, l'incantation, avoir ramené à la vie une créature dont l'espèce était éteinte depuis des millions d'années... Mais Daniel n'avait-il pas raison ? Les conséquences... les *récompenses* auraient pu être énormes, bien au-delà des rêves les plus fous... Kevin imaginait sans peine la tête que feraient ses anciens camarades et professeurs si Daniel et lui réussissaient à...

— J'ai d'autres œufs..., dit-il.

Daniel releva le nez.

Quoi ?

— J'en ai d'autres. Mais...

Sa voix mourut.

— Mais quoi ? demanda Daniel, faisant le tour de son bureau.

— Ce ne sont pas des œufs de timinus.

Les doigts de Daniel se refermèrent sur son avant-bras.

— De quelle espèce ? Pour l'amour de Dieu, Kevin... Pourquoi ne pas retenter l'expérience ? Nous en mourons d'envie ! C'est un rêve devenu réalité. Et si je te comprends bien, tu as l'ingrédient qui nous manquait.

— Ce n'est pas si simple...

— Pourquoi ? En quoi sont-ils différents ?

— Ce sont des œufs de Tyrannosaurus Rex…

Quoi que Daniel ait pu vouloir ajouter, il l'oublia instantanément,

— Ouah…, souffla-t-il.

Après un instant, il recommença à s'agiter nerveusement.

— C'est pour ça que nous ne pouvons pas…

— Tu ne le penses pas vraiment, coupa le jeune paléontologue, enfonçant ses doigts dans l'épaule de Kevin. Bien sûr que nous le pouvons ! Il le *faut*. Il suffira de prendre des précautions.

— Comme la première fois ?

— Nous avons fait une erreur, concéda Daniel. Par bonheur, elle ne prêtera pas à conséquence, je te le jure. Tu sais qu'un bébé timinus mange uniquement des insectes et des rats ! S'il est toujours en vie, la fourrière s'en occupera pour nous. Bref, c'était un galop d'essai.

— Mais nous parlons d'un *tyrannosaure* !

Kevin voulait désespérément plaire à Daniel, même s'il l'avait ignoré pendant plus de vingt-quatre heures… Mais la perspective de ramener à la vie un tyrannosaure lui donnait des sueurs froides. De surcroît, il se sentait idiot… Vouloir croire que ce qui avait marché une fois fonctionnerait forcément une seconde était stupide. Mais il avait très envie d'en avoir le cœur net.

Il n'était plus question d'un mangeur d'insectes et de petits mammifères, mais du *roi* des dinosaures, la créature la plus terrible que la Terre ait portée.

Pourtant, l'idée d'en voir un, de le tenir bébé au creux de sa *paume*… La tentation était forte.

— Nous parerons à toutes les éventualités, promit Daniel. Nous aurons une cage en acier et une arme, au besoin. Cette fois, tu t'investiras dans chaque étape. Quant à moi, je ne… me laisserai plus absorber, tu as ma parole. Cette fois, nous agirons ensemble, Kev. Qu'en dis-tu ?

Kevin sentit sa résolution faiblir. Il voulut sauver la situation en disant toute la vérité... avant de comprendre que c'était la dernière chose à faire.

— Mais il ne s'agit pas d'un seul œuf ! protesta-t-il. C'est un groupe de trois, pris dans de la roche. Impossible de les séparer.

— Ce n'est pas grave, dit Daniel avec un calme qui fit froid dans le dos à Kevin. Nous les ramènerons tous à la vie.

— As-tu trouvé quelque chose ?

Oz leva les yeux du moniteur et vit Giles tourner autour de lui – bien que cette expression ne soit pas la bonne. L'Observateur *ne tournait pas autour* de l'ordinateur, il l'observait à distance, méfiant, comme si ce truc infernal allait se jeter sur lui pour le mordre...

— Rien qui étaye la thèse d'un *Jurassic Park* dans le monde réel, répondit Oz. Mais il me reste à consulter les sites dédiés aux éponges.

— Aux éponges ? fit Giles, l'air perdu.

— Des éponges déshydratées en forme d'animaux, expliqua Willow, qui feuilletait une pile de *Scientific American*. Elles sont cool. Il suffit de les plonger dans l'eau et *pouf !* un compagnon pour la vie.

— Eh bien, je doute que ce soit l'espèce qui nous intéresse pour le moment.

Alex montait la garde devant la cage. Il les regarda par-dessus son épaule.

— L'espèce qui nous intéresse est du genre : je veux te dévorer tout cru.

Comme pour confirmer ses dires, le timinus tendit le cou vers lui et claqua des mâchoires.

Alex recula.

— Tout doux, mon gars ! Je crois qu'il ne m'aime pas...

Personne ne fit de commentaire. Oz vit Duffy regarder bizarrement la créature.

— Quel est le problème ?

— C'est moi qui rapetisse ou quelqu'un a donné des pilules de croissance ultrarapide à notre bébé dinosaure ?

Giles se tourna vers la cage.

— Que veux-tu... Seigneur ! Tu as raison.

Willow se redressa sur sa chaise.

— Il a grossi ? demanda-t-elle d'une petite voix. Déjà ?

Oz abandonna son poste et rejoignit Buffy, Giles et Alex. Un coup d'œil lui suffit.

— Considérablement...

Alex croisa les bras.

— Je vous jure que je ne l'ai pas nourri ! Alors, grossir si vite, sans rien avaler ? Il aura de sérieux problèmes de poids d'ici pas longtemps !

— *Nous* aurons de sérieux problèmes, tu veux dire..., fit Buffy. Voilà que notre Timmy est devenu un adolescent...

Giles regarda Oz, qui secoua la tête.

— Je n'ai rien trouvé. Pour le moment, les dinosaures existent seulement au cinéma.

— Pourtant, nous devons savoir qui tire les ficelles..., dit le bibliothécaire. Willow... ?

— Je m'en occupe.

Oz sourit en la voyant s'installer devant l'ordinateur, puis regarder autour d'elle, l'air coupable, avant de se lancer dans des recherches plus ou moins légales.

— Euh... que dois-je trouver, au juste ?

— Je ne suis pas sûr..., avoua Giles. Une personne

ayant fait des études scientifiques, dans le domaine médical. La chimie…

— N'oubliez-vous pas un peu vite la piste de la Bouche de l'Enfer ? demanda Buffy. Si nous ne pouvons pas créer de dinosaure, qu'est-ce qui l'empêche, elle, d'en vomir un ?

— Nous avons déjà passé les livres en revue… Aucun démon dinosaure.

— Pourquoi pas un paléontologue ? avança Oz. Le musée de Sunnydale a un Département de Paléontologie.

— J'aurais dû y penser, marmonna Giles.

— Kevin Sanderson…, lâcha Willow.

— Je le connais, dit Oz. Pourquoi lui ?

La jeune fille répondit sans cesser de lire les informations sur l'écran.

— Il est inscrit au lycée depuis moins de deux semaines. Ah, voilà… Oz et moi sommes en sciences naturelles avec lui. Ce type est dingue de paléontologie, c'est fou ! Ça ne m'étonnerait pas qu'il ait de la terre dans les poches.

Oz secoua la tête.

— Il s'intéresse à la préhistoire, c'est sûr, mais de là à créer des dinosaures à partir du néant . Ça me semble un peu gros.

— Eh bien, j'ai cherché partout, annonça Willow. À part Sanderson, je n'ai rien trouvé.

— Fouillons dans sa vie, proposa Alex. (Silence.) Je gâche mon talent avec un public pareil…, ajouta-t-il à voix basse.

— Allons parler à ce type, dit Buffy.

— Eh, tu me voles ma réplique, maintenant ? protesta Alex.

— Pas de quoi se vanter, fit Oz. Buffy, je t'accompagne. Il me connaît.

— Il pourrait s'effrayer en voyant des inconnus lui

demander pour qui il se prend avec sa manie de ressusciter des créatures vieilles de plusieurs millions d'années .

— Nous ignorons encore s'il est derrière tout ça, dit Giles. Attendons d'avoir des preuves avant de l'accuser. Comme Oz l'a fait remarquer, il y a des paléontologues au musée…

Alex leva les yeux au ciel.

— La Terre à Giles ! Le musée a toujours été là. Il a fallu qu'un toqué de dinosaures arrive chez nous pour qu'on en voie soudain se balader dans nos rues… Il vous faut un dessin ?

— Quand l'info nous tombe sur le crâne, pas la peine de faire la fine bouche, résuma Buffy. Will continuera ses recherches. A part Oz, qui m'accompagne ?

— J'en suis, lança Alex, échangeant un regard assassin avec le timinus. J'ai très envie de rencontrer ce fana du Jurassique.

— En fait, il est du début du Crétacé, corrigea Oz.

Alex le dévisagea, bouche bée.

— Qui ça ? Kevin ?

— Non, le timinus.

— Oh…, fit Alex, embarrassé.

— Attendez ! cria Willow, pétrifiée. Vous n'allez quand même pas me laisser seule avec… ça ?

Elle lança un regard explicite vers la créature.

— Giles restera aussi, souligna Buffy.

— L'union fait la force, renchérit Alex. Tout le monde sait ça.

Willow jeta un regard sceptique au timinus.

— *Lui*, j'en doute.

— Tout ira bien, assura le bibliothécaire. Il est en cage. Il suffira de garder l'œil sur lui tout en faisant nos recherches.

Il retira ses lunettes et les essuya avec un mouchoir.

— Alors, à plus tard, dit Buffy.

Elle se dirigea vers la porte, Alex et Oz sur les talons. Jetant un dernier coup d'œil en arrière, le musicien vit Willow reprendre timidement sa place devant l'écran, pendant que Giles s'attaquait à une pile de livres. Le tout sous le regard mauvais du timinus, qui arpentait sa cage.

Qu'avait dit Giles, déjà ? Ah, oui.

Tout ira bien.

Oz fit la grimace.

Daniel n'avait pas exagéré en parlant de miracle. Et pas seulement à propos de la revitalisation de l'œuf de timinus. Que Kevin soit retourné chez lui puis revenu avec les trois œufs de tyrannosaure en faisait partie.

Le reste aussi tenait du prodige – Kevin l'avait cru quand il avait assuré que le timinus s'était échappé ! En réalité, il avait obéi à la créature en la libérant. Daniel n'avait pas pris les appels de Kevin parce qu'il avait pensé ne plus avoir besoin de lui... Jusqu'à ce qu'il apprenne l'existence des œufs de tyrannosaure.

Le jeune paléontologue n'aurait jamais toléré la présence de Kevin s'il n'avait compris qu'il ne l'aurait pas laissé en tête-à-tête avec son précieux œuf de timinus. Quoi qu'il en soit, l'imbécile n'aurait rien à gagner dans cette affaire. Dès que Daniel aurait ressuscité les autres bébés dinosaures, il se débarrasserait de son « associé ».

— Ils sont parfaits, Kevin, approuva-t-il. Es-tu certain que ce sont des œufs de Tyrannosaurus Rex ? Non que ça fasse la moindre différence. Mais je serais... déçu, sinon.

— Oui, j'en suis sûr.

Kevin avait une voix bizarre. Daniel le dévisagea. Mais comme preuve de la bonne foi du lycéen, il suffisait de le voir transpirer de peur.

— Ils viennent d'un site où on a retrouvé uniquement des tyrannosaures… Ecoute, je l'ai eu

— Je ne veux rien savoir, coupa Daniel. C'est mieux ainsi, pour tous les deux…

Encore un mensonge. En réalité, il s'en fichait. Seuls les œufs comptaient.

Kevin hocha la tête, soulagé. Il regarda le labo, s'attardant sur les cages que Daniel avait rassemblées en son absence.

— Tu es sûr qu'elles feront l'affaire ?

— Elles sont en acier trempé. Il faudra en changer quand les petits auront grandi, mais nous aviserons à ce moment-là. Pour l'heure, ramenons ces fossiles à la vie.

— Et si ça marche ?

— Une fois certains d'avoir des créatures viables, nous inviterons des experts – des universitaires, des agents gouvernementaux, peu importe – qui sauront mieux que nous les contrôler. Personne ne sera blessé.

Il regarda Kevin dans les yeux.

— Quant à nous, nos noms resteront à jamais gravés dans les mémoires, et dans l'histoire de la paléontologie. Je pourrai prétendre à un poste élevé. Et Chicago t'accueillera à bras ouverts.

Kevin ne dit rien, mais son expression était éloquente… Qu'est-ce qui le travaillait ? Avait-il des doutes ? Des soupçons ? Daniel ne pouvait pas lui en vouloir. Il avait commis une sérieuse erreur en rompant tout contact avec le jeune garçon après la résurrection du timinus. Mais comment deviner qu'il aurait encore besoin de lui ?

— Prêt ?

Kevin hocha la tête. Mais il n'était vraiment pas en confiance… Ses mains tremblaient. Tant pis pour lui. Daniel n'avait plus le temps de ménager sa sensibilité. Il avait – beaucoup – mieux à faire : s'occuper de créatures plus importantes que ne le serait jamais Kevin Sanderson.

Kevin pouvait mourir de peur. Daniel, lui, savait qu'il avait un avenir. Il le tenait de source sûre.

— Obéis, et tout ira bien, conclut-il. Pour nous deux.

Il caressa la couverture du journal de Nuriel, puis l'ouvrit à la page de l'incantation.

« Entendez cet appel, esprits de Ladonithia,
Réveillez-vous et revenez des abysses pour habiter ces hôtes glacés... »

CHAPITRE VIII

La maison de Kevin Sanderson ressemblait à celle de Buffy, sur Revello Drive. Le quartier était un peu plus aisé, et les habitations plus imposantes avec leurs murs en pierre jaune, mais l'effet général restait le même : des fleurs et… une netteté très américaine. En juin, les deux pots encore vides pendus de part et d'autre du porche style véranda se rempliraient probablement de géraniums rouges.

— Quelle est notre couverture ? demanda Alex en gravissant les marches du perron.

— Ayant perdu ses notes, Oz vient emprunter celles de Kevin, qui est dans sa classe, répondit Buffy.

— Ah ? lança Oz. Entendu.

— C'est tout ? fit Alex, déçu. Pas d'approche furtive, ni…

— Tu n'es pas Pierce Brosnan, lui rappela-t-elle.

— Il a des gadgets vraiment trop cool !

— Peut-être, mais pas nous.

Oz sonna, son attention attirée par la couronne de fleurs séchées accrochée à la porte. Buffy non plus ne les aimait pas… Elles évoquaient des couronnes mortuaires.

— Vous avez raison, dit Alex. Ne faites pas attention. Je vérifie que Kev n'a pas d'autre « toutou ».

Buffy frissonna.

— Il est sous clé, rappelle-toi… Dieu merci !

La porte s'ouvrit sur une femme aux cheveux blancs.

— Bonjour, dit Buffy avec son sourire le plus charmant. Madame Sanderson ? Nous sommes des amis de Kevin, du lycée. Pouvons-nous lui parler ?

Mme Sanderson prit un air ravi exagéré.

— Oh, Seigneur… Vous êtes des amis de Kevin ? Mais c'est merveilleux ! Entrez donc !

Ils se regardèrent nerveusement, puis acceptèrent l'invitation.

Buffy déglutit.

— Nous…

— Puis-je vous offrir de la limonade ? demanda Mme Sanderson. Ou des gâteaux secs ?

Elle eut soudain toute l'attention d'Alex.

— Des gâteaux secs ?

Buffy flanqua un coup de coude dans les côtes de son ami.

— Merci, madame, mais nous ne pouvons pas rester. Je m'appelle Buffy. Voici Oz. Et lui, c'est Alex.

— Vous pouvez m'appeler « Monstre des Gâteaux Secs », marmonna Alex, s'attirant un regard appuyé de la Tueuse.

— Je venais demander à Kevin de me prêter ses notes du cours de sciences d'hier, dit Oz. Celles sur les… dinosaures.

— Quel dommage ! Mon fils n'est pas à la maison. Il pourrait vous parler de dinosaures pendant des heures. C'est toute sa vie.

— Nous l'avions remarqué, dit Buffy. Savez-vous quand il doit rentrer ? Où il est allé ?

Mme Sanderson secoua la tête.

— Non. Il m'a dit qu'il passerait la journée avec un certain Daniel. Mais sans préciser où.

Elle paraissait embarrassée.

— Nous venons d'emménager… J'étais si contente qu'il ait trouvé quelqu'un avec qui partager sa passion…

113

Du coup, je ne l'ai pas pressé de questions. Il m'a prévenu que son ami et lui dîneraient probablement ensemble. Il sera rentré pour vingt et une heures au plus tard. Je peux lui demander de vous appeler.

Mme Sanderson leur sourit sans remarquer leur malaise.

— Son père et moi nous faisions beaucoup de souci. Nous pensions qu'il aurait du mal à tout recommencer à zéro, surtout la dernière année de lycée…

« Mais il s'est déjà fait des amis ! Tout va bien, en fin de compte.

Buffy hocha la tête. Elle était beaucoup moins optimiste que Mme Sanderson. D'autant que les paroles de la mère de Kevin vibraient d'un désespoir sous-jacent propre à donner la chair de poule. La Tueuse avait un *très* mauvais pressentiment. Nouveau venu à Sunnydale, Kevin était une proie facile pour les méchants de tout poil…

Pour des initiés comme la Tueuse et ses amis, les indices crevaient les yeux. Kevin était passionné de paléontologie. Deux semaines après son emménagement, un bébé dinosaure sévissait en ville…

Buffy captait de *très* mauvaises vibrations.

— Daniel ! fit Oz, se redressant soudain. Il doit s'agir de Daniel Addison, le type du Musée d'Histoire Naturelle.

Mme Sanderson fronça les sourcils mais parut soulagée.

— J'ai cru que c'était un camarade de lycée. S'il appartient au musée… C'est encore mieux, n'est-ce pas ?

— Oh, oui, fit Alex.

Sans grande conviction…

— Nous avons dû déraciner Kevin parce que la santé de son père se détériorait. Notre fils avait de nombreux amis, à Chicago. Ici, il n'a personne pour le guider. Si

114

Daniel devenait son mentor, ça pourrait être une bonne chose.

Un petit silence tomba. Buffy faillit tressaillir au mot « mentor ». Dans le cas d'un nouveau venu à Sunnydale, cela pouvait signifier des choses... qu'une femme gentille comme la mère de Kevin ne souhaiterait jamais voir arriver à son fils.

— Merci de nous avoir reçus. Nous parlerons à Kevin plus tard.

— D'accord.

Mme Sanderson se tourna vers le garçon roux.

— Rappelez-moi votre nom ?

— Oz.

— Oz... Je m'en souviendrai.

— Comme beaucoup de gens, conclut le musicien en souriant.

— Te souviens-tu de Daniel Addison, Willow ? demanda Oz quand ils furent de retour à la bibliothèque. Il nous a fait un cours. D'après la mère de Kevin, ce serait lui, le type que nous cherchons.

— Daniel Addison..., répéta Willow en tapant sur son clavier. Il n'appartient pas au lycée.

— Non, Régis l'avait invité, précisa-t-il en se perchant sur la table, près d'elle.

Buffy et Alex restèrent debout derrière leur amie.

— Oui, je me souviens. Ce type nous a montré d'horribles diapos... Mais quel rapport avec Kevin Sanderson ?

Buffy se pencha par-dessus son épaule.

— D'après sa mère, ils sont ensemble, aujourd'hui... *toute* la journée.

— Addison appartient au Musée d'Histoire Naturelle, non ? fit Willow.

— Oui, un autre mordu de dinosaures, fit Alex. Je ne comprends pas comment on peut être attiré par des reptiles fossilisés… Mais notre bonne vieille ville attire toute sorte de créatures mortes, alors… Pourquoi pas celles-là ?

— En général, dit Buffy, ce qui jaillit de terre par ici a d'excellentes raisons de le faire. Mais là, nous avons *nada*.

— J'ai trouvé ! annonça Willow. Il a suffi que je remonte la piste de la requête de Régis… Daniel Addison travaille pour le Département de Paléontologie du musée. Il est étudiant de troisième cycle. C'est sa deuxième année.

— Ça n'est un scoop pour personne, dit la Tueuse alors que Giles sortait de son bureau. Allez, Will, tu peux faire mieux !

— Très bien.

La jeune fille tapa sur son clavier, puis elle lut le fruit de ses recherches.

— « *Daniel Addison n'a pas de but et n'est pas disposé à travailler pour réussir. Il est quasiment incapable de penser par lui-même. Voilà pourquoi nous ne lui proposerons pas une troisième année avec nous. Nous suggérons qu'il retourne à ses études. Nous reconsidérerons sa candidature au vu de ses résultats.* »

— Willow ! s'écria Giles, levant le nez de son livre. On dirait les commentaires d'un employeur… As-tu craqué les fichiers confidentiels du musée ?

— Bien sûr que non ! répondit Alex. Elle a trouvé ça dans le *journal*.

Giles lui jeta un regard noir.

— Toujours un commentaire à la bouche, hein ?

— Un jour, j'aurai mon talk-show.

— Dieu nous en préserve !

Le bibliothécaire se tourna de nouveau vers Willow, qui haussa innocemment les épaules.

— J'ai frappé à une porte… elle s'est ouverte.

Comme je n'ai pas besoin d'être invitée pour entrer, j'en ai profité pour jeter un coup d'œil.

— Je suppose qu'il est inutile que j'appelle mes contacts au musée ? soupira Giles.

— En effet.

— Quoi d'autre ? demanda Oz.

Daniel Addison, pas de but ? Ça n'augurait rien de bon, surtout s'il menait déjà Kevin par le bout du nez.

Willow regarda l'écran.

— Le reste est de la même veine. A part…

— Quoi ? s'impatienta Buffy. Allez, parle !

La jeune fille fit défiler les informations dans un sens puis dans l'autre avant de répondre.

— Daniel Addison préfère faire travailler les autres à sa place. Il s'arrange pour donner bonne impression, puis pour se débarrasser de son fardeau.

— Sur Kevin, par exemple ? suggéra la Tueuse.

— Exactement.

Oz réfléchit. Au temps pour les bonnes choses qu'espérait la mère de Kevin ! Il y avait de fortes chances pour son fils soit tombé sous la coupe d'un parasite. C'était fréquent à Sunnydale. Kevin avait trouvé sa version de l'ascenseur pour l'enfer. Dans son intérêt, Oz espérait qu'il existait un bouton ARRÊT D'URGENCE.

— Alors, quel est le plan ? demanda Alora. Trouver ce Daniel et le secouer un peu ?

— J'ai son adresse, dit Willow. Mais il est certainement au musée.

— Oui… (Oz se tourna vers Buffy, qui hocha la tête.) Je doute qu'Alysa soit du genre à l'emmener dans un circuit touristique.

Ils le regardèrent bizarrement.

Il réalisa qu'il venait de dire n'importe quoi.

— C'était un lapsus ! (Occupant toutes ses pensées, Alysa finissait par se mélanger au duo Kevin-Daniel.) Je voulais dire *Daniel*.

Willow lui adressa un regard compréhensif – ils étaient sur la même longueur d'onde ! – puis retourna à ses recherches.

— Commençons par son adresse personnelle, c'est plus près, décida Buffy. Ensuite, s'il n'y est pas, nous irons au musée.

Elle se leva et ramassa son sac.

— Je vous accompagne ! dit Alex.

— Que t'arrive-t-il ? demanda Willow, l'air neutre. Aurais-tu peur des livres, maintenant ?

— Des livres *et* de Timmy le Dino. Sa façon de tourner en rond me rend nerveux. Je me sens dépassé.

— Allons-y, conclut Oz.

Il se pencha pour embrasser Willow.

En sortant, il entendit Giles murmurer (même les nuits sans lune son ouïe était exceptionnelle :)

— *Un lapsus, hein ?*

— Génial…, marmonna Buffy. Suis-je la seule à penser que ça ne nous mène nulle part ?

Dépitée, elle se campa devant l'immeuble, les poings sur les hanches – non que cela changeât quoi que ce soit. Il y avait six minuscules appartements. Le revêtement des murs, couleur sable sale, était fissuré et craquelé. Sur la pelouse jonchée de détritus et de cailloux, un palmier maladif luttait pour survivre, penché comme s'il voulait s'écarter du mur.

D'après Willow, Daniel Addison vivait au troisième. Buffy voyait trois vitres crasseuses sur la façade. Et pas de lumière.

— Recommence.

C'était sans doute inutile.

Alex continua de sonner sans discontinuer.

— Personne ne supporterait ce boucan longtemps, fit Oz.

— Oui, tu…

118

Une fenêtre s'ouvrit, au-dessus de leurs têtes.

— Cessez ce raffut ! Vous êtes stupides ou quoi ? Il n'est pas chez lui !

— Alex…, souffla Buffy.

Le garçon se pencha en arrière pour voir leur interlocutrice, puis retira le doigt de la sonnette.

— Sauriez-vous où il est, madame ? demanda Buffy. Ou quand il doit rentrer ?

— Je ne suis pas sa mère !

Elle referma sa fenêtre en la claquant.

Cette mégère mériterait qu'elle lui tombe sur la tête.

— Le musée ? proposa Alex.

— Si tard, un samedi soir ? fit Oz en haussant les épaules. Ça doit être fermé.

— Essayons quand même, insista Buffy.

Alex croisa les bras.

— Quand nous serons entrés par effraction – pas de problème – où chercherons-nous nos toqués de dinos ? Le musée fait un pâté de maisons à lui seul.

— Dans la section paléontologie, bien sûr ! dit Oz. Il faudra passer une double sécurité – à cause de la momie inca. Mais à mon avis, le temps travaille contre nous. Je parie que nos deux lascars sont partis depuis longtemps.

— Tu as sans doute raison, admit Buffy, frustrée. Encore une impasse…

— Allons réfléchir devant un verre, proposa Alex. L'*Expresso Pump* ?

Buffy acquiesça, irritée de ne pas avoir progressé. Et si Daniel et Kevin étaient en train de lâcher leur prochain spécimen ? Elle ne parvenait pas à chasser de son esprit le pauvre Mutzoïd. Et le timinus avait encore grossi… Qu'adviendrait-il si un congénère sévissait à son tour à Sunnydale, dévorant des proies de plus en plus grosses à mesure qu'il grandissait ?

Comme toujours, l'*Expresso Pump* était bondé. Il

était plus de huit heures quand les amis eurent enfin leurs cafés et s'attablèrent. Alex mordit à belles dents sa barre chocolatée – lui arrivait-il de ne pas manger de cochonneries ?

La température était tombée en même temps que la nuit. Buffy serra sa tasse entre ses mains histoire de se réchauffer.

— Retournons-nous chez Kevin Sanderson ? demanda Oz. Addison est adulte, mais les parents de Kevin avaient l'air de croire qu'il rentrerait.

— Eux, au moins, ils se souviennent qu'il existe, fit Alex, le nez baissé sur son café.

Buffy eut pitié de lui… Mais l'humeur de son ami changea de nouveau.

— Selon l'impresario d'Oz, il y aurait une place pour nous tous dans son équipe. Tu le savais ?

— Que veux-tu dire ?

— Impresario *potentielle*, corrigea Oz.

Alex l'ignora.

— Je pourrais installer le matériel, tout remballer, faire les courses, etc. Je me rendrais utile, quoi !

Buffy posa sa tasse et croisa les bras.

— Il s'agit de toi, pas de nous.

— Elle prétend nous trouver à tous un emploi adapté, insista Oz. Elle a proposé à Willow d'assurer la publicité de ses groupes sur le net.

— Elle a même offert du travail à ton copain vampire, renchérit Alex.

— Angel ? Quel genre d'emploi ?

— Garde du corps pendant les tournées. Mais il a décliné l'offre.

— Eh ben… On dirait qu'elle a pensé à tout le monde.

Alex allait approuver, mais il s'avisa que ça n'était pas tout à fait vrai. Oz, Willow, Alex, Devon et les autres Dingoes… Même Angel avait une place dans le scénario. Sauf la Tueuse.

Le jeune homme rougit.

— Buffy…

Elle le fit taire d'un geste.

— Aucune importance.

Non loin de là, un garçon dégingandé aux cheveux longs lança :

— Je l'ai vu détaler dans la ruelle derrière le *Bronze* !

— L'as-tu suivi ? demanda son camarade avec un sourire goguenard. Moi, je l'aurais fait. Comme dans les films…

— C'est ça, oui ! Tu aurais dû voir la taille de cette bestiole ! On aurait dit un iguane sous anabolisant !

Buffy, Alex et Oz sortirent avant que leurs cafés n'aient eu le temps de refroidir.

CHAPITRE IX

— Buffy a mentionné l'impresario des Dingoes, fit Giles. Allison… Beadrack ?

Willow leva les yeux de l'écran d'ordinateur.

— Oh… Alysa Barbrick, dit-elle. J'ignore ce que sait Oz à son sujet. Il n'est pas du genre bavard.

Giles tira une chaise et s'assit en face de la jeune fille. Parfois, poser les questions les plus simples à ces adolescents tenait de la haute voltige.

C'est ce que les parents doivent affronter ? se demanda-t-il.

Faire des efforts au quotidien pour leur soutirer des informations en évitant de les offenser ?

— Je suppose que le lapsus d'Oz a éveillé ma curiosité… (Elle se tourna de nouveau vers l'écran de son moniteur.) Ladonithia.

— Oui ?

Le bibliothécaire plissa les yeux, pas mécontent de revenir sur un territoire démoniaque, historique et infernal. Bref, moins savonneux.

— Ladon ? Si je ne m'abuse, c'était un dragon à cent têtes de la mythologie grecque. Le gardien de l'arbre aux pommes d'or que Gaia avait offert à Zeus et à Héra pour leurs noces.

— Pas Ladon, *Ladonithia*, corrigea Willow alors qu'il venait se placer derrière elle.

— Un dérivé ?

— On dirait.

Les mains de Willow semblèrent hésiter au-dessus du clavier. Elle les posa sur ses genoux.

— Mais je ne trouve aucune autre référence, quel que soit le moteur de recherche.

— Bien, dit Giles. Nous allons donc employer les bonnes vieilles méthodes : les livres.

Buffy avait parcouru les ruelles du *Bronze* des centaines de fois, y embrochant des légions de buveurs de sang. Mais y pénétrer alors qu'elle sentait la présence d'un monstre prêt à la dévorer… Elle en avait la chair de poule. Les ombres lui semblaient plus longues, plus épaisses, comme si une main invisible les avait étendues afin de protéger une créature beaucoup plus grosse qu'un vampire… Comment la combattre ? A supposer qu'elle fût semblable au timinus enfermé dans la bibliothèque, elle devait ressentir la douleur et saigner… Mais qu'en était-il de sa taille ? De son poids ? Comment pouvait-on espérer abattre un être démesurément plus grand et lourd que soi ?

Et muni de très longues *dents* ?

— Là-bas, souffla Alex, faisant sursauter ses deux compagnons. Près de la barrière…

— Quoi ? demanda Buffy, les nerfs tendus.

Tournant la tête vers l'autre bout de la ruelle, elle le vit. Alex inspira bruyamment.

— Je suggère de *courir* !

— Non, répondit la Tueuse. Impossible.

Ils n'avancèrent pas plus. Par bonheur, la créature ne les avait pas repérés.

— Oz, c'est quoi ? souffla Buffy.

Son ami ne répondit pas tout de suite. Ignorait-il la réponse… ? Ou la connaissait-il trop bien ?

— Un Tyrannosaurus Rex, dit-il, très tendu.

Alex lâcha un couinement étranglé. Pour une fois, il était à court de « bons » mots.

Buffy se sentit trop terrifiée pour quitter des yeux le dinosaure.

— Nos amis ont pris de l'assurance…

— Buffy, nous ne pouvons pas combattre ce monstre ! cria Alex, désespéré. Regarde-le ! Il est aussi gros qu'une Oldsmobile ! Ou qu'une Lincoln…

— Nous le pouvons et nous le ferons !

Elle recula, ramassant un objet qu'elle avait repéré un peu plus tôt : un bout de tuyau de trente ou quarante centimètres de long.

— Il faudra juste improviser.

— Es-tu sûre de ton coup ? demanda Oz.

— Non, répondit-elle en soupesant son « arme ».

— L'avantage, c'est que ses pattes antérieures sont trop courtes pour nous attraper.

— Ça ne me rassure pas du tout, gémit Alex. Regardez ces dents… Pourquoi ne courons-nous pas chercher un Bazooka ?

— Plus le temps !

Buffy inspira profondément, puis avança.

Le Tyrannosaurus Rex tourna la tête et les vit.

Il était vert et or. S'il n'avait arboré pareille dentition, et ou de tels instincts meurtriers, Buffy aurait pu le trouver beau – dans le genre effet spécial pour film à gros budget. Sa peau, écailleuse comme celle d'un serpent mais plus brillante, reflétait autant la lumière qu'un costume à paillettes. La jeune fille l'imaginait à la lumière du jour, au milieu d'une immense forêt disparue depuis des millions d'années…

Mais la beauté et la majesté de la créature s'éclipsaient devant un détail incontournable… Il n'y avait ni cage ni enclos électrique entre eux… Le bébé dinosaure était aussi grand que la Tueuse. Quant à sa longueur… Mieux valait ne pas y penser. Ses mouvements étaient fluides, assurés, très loin de la démarche pataude d'un nouveau-né…

Ses yeux, sous l'arrête osseuse protubérante, étaient dorés. Tandis qu'il balançait la tête de droite et de gauche, Buffy y lut une faim dévorante, mais aussi une intelligence surnaturelle… Des filets de bave dégoulinaient de ses longs crocs blancs…

Ses « dents de lait », comprit-elle.

Quand elle fit un pas, le tyrannosaure fit claquer ses mâchoires. Un avertissement ? Plus probablement le signe avant-coureur d'une attaque ! Détail bizarre, le monstre ne faisait aucun bruit. Quelle que soit la force démoniaque qui l'habitait, il faisait déjà montre d'une redoutable habileté de chasseur.

Oz et Alex se déployèrent derrière leur amie, cherchant du regard des armes de fortune. Ils durent se contenter de bouts de tuyaux.

Décidément, ils n'étaient pas à la fête…

Le Tyrannosaurus Rex inclina la tête. Une intelligence supérieure à celle d'un minuscule cerveau préhistorique était aux commandes de ce corps…

Il s'élança.

Buffy sentit le sol trembler sous ses pieds. Le bébé dinosaure était lourd, puissant et *rapide*. Jamais elle n'avait dû lutter à ce point contre l'envie de fuir. Tous ses instincts le lui criaient…

— Pas question de le laisser sortir d'ici ! lança-t-elle (Autant pour renforcer sa propre résolution que pour rappeler à Oz et à Alex que détaler n'était *pas* une option.) Je vise la tête, vous les pattes !

— J'aurais préféré ne pas finir en snacks pour dino ! glapit Alex.

Le tyrannosaure arriva sur eux en grognant. Alex et Oz l'attaquèrent, frappant de toutes leurs forces ses pattes postérieures musclées. Buffy échappa de justesse à la décapitation, mais pas à un jet de salive.

— Autant fouetter une vache avec une fleur ! cria Alex.

— Attention ! brailla Oz. Il fait volte face ! Sa queue… !

— Quelle… ?

Smack !

Le sol se déroba sous les pieds de Buffy… avant de se rappeler durement à son souvenir quand elle atterrit sur le dos. Une zébrure de dix centimètres de long s'étalait sur son avant-bras droit.

— Buffy, *ne reste pas là* ! cria Alex, terrifié.

La jeune fille n'avait plus le temps de réagir, mais quelqu'un vint à son secours – *Angel !* Il l'attrapa par un bras et la tira sur le côté avec assez de brutalité pour que ses dents s'entrechoquent. Ç'aurait pu être pire : le museau reptilien la frôla, les mâchoires claquant près de sa tête… Une triple poussée d'adrénaline la catapulta hors de portée de la gueule mortelle.

A part un étrange grommellement, le tyrannosaure n'émit pas un son, comme s'il comprenait qu'il avait intérêt à ne pas attirer l'attention. Incroyable…

Buffy n'eut pas le temps de réfléchir à la question. Emporté par son élan, le dinosaure percuta un mur, au fond de la ruelle. La violence de l'impact arracha du mortier et des briques. Mais cela n'arrêta pas le monstre. Horrifiée, Buffy le vit se retourner contre Oz. Elle s'écarta d'Angel et se précipita, mais ni le vampire ni elle n'arriveraient à temps…

Oz brandit son dérisoire bout de tuyau d'un air menaçant.

Désespérée, la Tueuse leva le sien et frappa la canalisation qui longeait le mur.

Le bruit fut aussi assourdissant que celui d'un boulet de canon atterrissant sur un toit en métal… Buffy grinça des dents. Le petit tyrannosaure glapit comme un chien effrayé. Il se retourna vivement. Campée sur

126

ses jambes, la jeune fille s'efforça de ne pas quitter son adversaire des yeux. Même quand une porte s'ouvrit sur sa gauche, projetant un rectangle de lumière dans la ruelle, entre le monstre et elle.

— Qu'est-ce… *hé !* cria un homme.

D'un coup d'œil, la Tueuse avisa l'« intrus », sur le seuil d'une arrière-boutique. Il cria en découvrant à quoi il avait affaire.

— Arrêtez-le !

Trop tard. Le dinosaure tendit le cou et claqua des mâchoires… arrachant la tête et une partie des épaules de sa victime. Ses dents n'avaient eu aucun mal à couper net la chair, les os et les tendons.

Refusant de laisser passer l'occasion, Oz plongea dans la direction opposée. Mais il n'avait pas fait trois pas quand la victime – que Buffy voyait déjà comme le dernier repas de Bébé Dino –, explosa. Un nuage de poussière brune – ô combien familier – s'échappa de la gueule de la créature qui éternua comme un gros chat.

— Ça alors ! souffla Oz.

— Ce n'est pas ma méthode habituelle d'élimination des vampires…, renchérit Buffy.

Elle se promit de revenir faire un tour dans le magasin dès qu'elle en aurait terminé avec le dinosaure.

— Mais c'est tout aussi efficace… reconnut-elle.

Avant que le dinosaure revienne de sa surprise, la Tueuse bondit pour s'accrocher à l'échelle d'incendie, deux mètres au-dessus de sa gueule.

— Buffy, tu es *malade* ? cria Alex.

Cramponnée d'une main à la barre métallique, elle vit Oz et Alex attaquer le monstre pour détourner son attention. Angel resta où il était, comptant sans doute s'interposer entre son amie et le dinosaure à la dernière seconde.

L'attaque au sol n'eut pas le succès escompté. Les deux jeunes gens ne faisaient pas plus d'effet au monstre qu'une nuée de moustiques lancés contre un pachyderme. Le pouvoir qui l'habitait, une intelligence maléfique, reconnaissait Buffy pour ce qu'elle était. Et elle désirait tant la voir morte que le dinosaure traita par le mépris le vampire, Alex et Oz.

La Tueuse passa à l'action. Quand le dinosaure tourna le cou vers elle, tel un singe qui se balance de branche en branche, elle prit de l'élan et lui enfonça son bout de tuyau dans l'œil.

Cette fois, la créature rugit de douleur et de rage. Le sang coula à flots de l'orbite en même temps que d'étranges filaments lumineux. Seuls quelques centimètres de tuyau dépassaient de la blessure.

Enragé, le tyrannosaure tendit le cou vers Buffy, mais il n'y voyait plus assez clair. Les deux mains libres, la Tueuse saisit la barre, sans réussir à remonter les jambes à temps pour éviter un coup de tête du dinosaure. Elle tomba, se réceptionnant sur les genoux, les coudes et les paumes. Puis elle se releva d'un bond et sonda la ruelle à la recherche d'une arme.

Le bébé dinosaure voulut se jeter sur elle en rugissant. Mais son cri mourut. La flamme qui brûlait au fond de son autre œil crépita comme si la force surnaturelle qui habitait son corps luttait pour le faire avancer... La créature possédée tituba, puis s'effondra sur le flanc.

Son regard s'éteignit.

Silence.

Les quatre amis avancèrent prudemment vers le tyrannosaure. Angel poussa sa carcasse du pied. Aucune réaction.

— Il est mort.

— J'aime plaisanter, confia Alex. Mais là... Je suis à court d'idée.

— Je ne vois rien de drôle là-dedans non plus, renchérit Oz.

Les deux garçons tenaient fermement leur tuyau. Celui de Buffy avait disparu sous le crâne du Tyrannosaurus Rex.

— Je suis d'accord…, dit la jeune fille.

Elle réalisa, étonnée, qu'elle haletait aussi. La preuve qu'elle avait eu une peur bleue.

— Angel a raison, continua-t-elle. Il a son compte. Enfin… je crois.

— Un Tyrannosaurus Rex possédé peut faire le mort ? demanda Alex.

— Je ne crois pas, répondit Oz.

— Est-ce un démon ou un dinosaure ? lança Angel. Les dinosaures n'existent pas…

La remarque amusa Buffy.

— Pas plus que les vampires, les démons, les métamorphes et Dieu seul sait quelles autres créatures jaillies de la Bouche de l'Enfer…

Alex frissonna.

— Visiblement, ce dinosaure-là ne va pas – *pouf !* – disparaître.

— Non, renchérit Oz.

— Traînons-le à l'écart, décida la Tueuse en désignant une pile de palettes en bois et une demi-douzaine de poubelles. Giles aura peut-être une idée. Nous reviendrons nous en occuper plus tard.

Angel et les deux jeunes gens lui jetèrent un regard sceptique. Elle referma ses mains couvertes de plaies et de contusions sur la cheville épaisse du bébé dinosaure. Sa peau était tiède et moite… Beurk !

Alex et Oz saisirent nerveusement l'autre patte et Angel la queue. Ils traînèrent la carcasse à l'endroit choisi par la Tueuse. Le tyrannosaure n'était pas léger. Il devait faire dans les cent cinquante kilos.

— Dommage que ce ne soit pas mangeable, fit Alex. Imaginez le nombre de bouches qu'on pourrait nourrir avec une carcasse pareille.

— Qui t'a dit qu'elle n'était pas comestible ? demanda Oz, pince-sans-rire.

— *Beurk !* cracha Buffy.

— Je plaisantais.

— Cachons-le du mieux que nous pouvons, puis retournons à la bibliothèque. Il est temps que Giles se remue un peu et déniche des indices dans ses précieux bouquins.

— Je dois retrouver Devon au *Bronze*, pour revoir Alysa Barbrick, dit Oz. Je vous rejoindrai plus tard.

Buffy hocha la tête.

— Pas de problème. De toute façon, nous devrons d'abord nous assurer que les autres créatures de la nuit se tiennent à carreau.

Encore quelques minutes d'efforts, et ils réussirent à dissimuler le petit dinosaure derrière les poubelles.

— Vous savez, j'aurais juré qu'il avait un *objectif*, fit Oz.

Buffy leva un sourcil interrogateur.

— Qu'est-ce qui te fait dire ça ?

Il haussa les épaules.

— Sa façon de bouger… Un pressentiment, je suppose. Mon instinct animal.

— Que ferons-nous si on découvre le cadavre ? demanda Alex. Comment expliquerons-nous la présence de cette… *chose* ?

— Pourquoi le ferions-nous ? répliqua Buffy. (Ils sortirent de la ruelle.) Nous ne serons plus là pour nous en inquiéter…

Angel la regarda, puis jeta un coup d'œil par-dessus son épaule.

— Vas-tu me dire ce qui se passe ?

— Evidemment.

— A plus ! lança Oz.

Il partit vers le *Bronze*. Les trois amis prirent la direction opposée. Pour une fois, Alex gardait le silence.

Buffy ne put réprimer un sourire. Repensait-il à leur combat et au bazooka qu'il aurait aimé avoir ?

— Alors… ? commença Angel.

— Dans une minute, coupa Buffy tandis qu'Alex partait devant. D'abord… j'ai entendu dire que tu avais rencontré la nouvelle impresario du groupe.

Le vampire haussa les épaules.

— Willow m'a raconté… Ne trouves-tu pas étrange qu'elle veuille entraîner tout le monde dans l'aventure ?

Nouveau haussement d'épaules évasif.

— A moins d'être impliquée dans une affaire dont elle ne vous a pas parlé, pourquoi ferait-elle ça ?

Toujours aucune réaction.

— Tu sais, j'ai entendu dire qu'on faisait passer la frontière à des gens…

— J'ai compris, dit Angel. Je ferai mon enquête.

La Tueuse sourit.

— Giles, qu'est-ce qui lui prend ? s'écria Willow. La cage est-elle assez solide ?

— Recule ! ordonna Giles au dinosaure en faisant passer son épée entre les barreaux.

Il le toucha à l'épaule. Criant de douleur et de rage, le tinunus cessa ses assauts contre les barreaux. Sans se calmer pour autant.

— Il a peut-être faim ? suggéra Willow. Si nous lui donnions à manger ?

Les yeux de la bête – des fenêtres sur son âme ? – luisaient tant qu'on eût dit deux braises rougeoyantes.

— Je doute qu'augmenter son énergie et sa corpulence puisse résoudre notre problème, répondit Giles sans quitter des yeux leur pensionnaire. Inutile de vouloir aider la force démoniaque qui l'habite. Elle subvient déjà très bien à ses besoins !

— Mais peut-être est-il fâché parce qu'il a faim ?

insista Willow. Nous pourrions rapporter des carottes et de la laitue de la cafétéria…

— Tu le prends pour un végétarien ?

— Je refuse de lui donner des lapins ou des rats…

— Il n'aura *rien*. Il n'a pas besoin de manger. (Le bibliothécaire marqua une courte pause.) On dirait qu'il est plus calme.

— Si on considère que pousser des grognements sourds est être plus calme…, dit Willow, pensive. Vous savez, il a vraiment l'air en rogne. Regardez ses yeux… ne sont-ils pas plus brillants ?

— Tu as raison.

Giles étudia la créature.

— Ils luisent même beaucoup…

— Qu'y a-t-il ? s'inquiéta Willow en voyant Giles croiser les bras. Pourquoi grimacez-vous ? Ça n'est pas bon signe !

— Je suis… soucieux. Agressivité accrue, yeux animés d'une étrange flamme, croissance accélérée… Nous avons présumé qu'il était possédé par un démon, mais j'espère qu'il n'est pas psychiquement relié à une entité qui échappe à notre contrôle.

— Comme… un *autre* dinosaure ?

— Il faut faire des recherches plus poussées, dit Giles en se tapotant le menton. Il y a quantité de livres anciens à consulter…

Il s'écarta de la cage, s'accroupissant derrière le comptoir. Après une ou deux minutes, il réapparut avec un livre. Le timinus s'était calmé… pour l'instant. Au lieu de tourner en rond, il s'était tapi dans un coin et observait les humains.

— J'ai cherché un lien entre les démons et les dinosaures. Chou blanc. Mais ce lien est peut-être une créature appartenant aux deux espèces, comme un dragon.

— Laissez-moi voir, dit Willow, une main tendue vers le livre poussiéreux.

Dès qu'elle y eut jeté un coup d'œil, elle se réinstalla devant l'ordinateur.

— Attendez… non, c'est une référence à Ladon.

— Il doit y avoir autre chose…, dit Giles.

La jeune fille le vit de nouveau disparaître derrière le comptoir. Elle l'entendit déplacer des objets.

— Peut-être là-dedans…

Le livre que le bibliothécaire tenait maintenant était antérieur au précédent. Il feuilleta les premières pages… et sa perplexité augmenta.

— Encore une référence à Ladon… Cette fois, il s'agirait d'un démon dragon « qui a tenté pendant des millénaires de trouver des hôtes pour ses quatre esprits ».

— Quatre, ça vaut mieux qu'une centaine, soupira Willow.

— C'est amplement suffisant, grogna Giles. Découvrons à quoi nous avons affaire et à quoi nous attendre… De préférence avant demain matin. La situation est bien pire que nous le pensions. J'aimerais trouver des réponses avant que Buffy, Oz et Alex ne doivent affronter la menace qui plane sur nos têtes.

CHAPITRE X

— On dirait que tu t'es fait traîner jusqu'ici par une meute de chiens enragés ! dit Devon.

— C'est tout comme, marmonna Oz.

Devon n'entendit pas sa réponse. Le groupe qui occupait la scène jouait fort et les clients devaient crier pour s'entendre.

Si le chanteur avait su… Oz se passa une main dans les cheveux. Il aurait dû se nettoyer avant le rendez-vous avec Alysa Barbrick… Mais il n'était plus très sûr de vouloir participer à l'aventure.

Encore sous le choc de la bataille, il se laissa tomber sur une chaise. Décisions, décisions…

Deux jours plus tôt, tout était noir ou blanc. Maintenant, quelqu'un avait mis sa vie en mode « 256 tons de gris ». Comment y trouver des repères ?

— Qu'en penses-tu ? demanda Devon en s'asseyant. Nous devrions signer ?

— Je ne suis pas décidé… Ça pourrait tout changer. Nous serions obligés d'arrêter l'école et de partir pour L.A.

— Arrêter l'école ? Mes parents flipperaient ! Pourquoi ne pouvons-nous pas signer sans rien changer ?

Oz réfléchit en se massant les phalanges. Il se découvrit une bonne dizaine d'éraflures.

— Avec notre nouvelle amie, c'est tout ou rien.

— La voilà… Nous allons en avoir le cœur net.

Oz se retourna. Alysa Barbrick se frayait un chemin entre les tables et les chaises. Elle portait un ensemble noir, veste et pantalon – Cordélia aurait sans doute identifié le couturier. Croisant le regard des musiciens qui jouaient, Alysa leur adressa un sourire cent pour cent professionnel. Avec elle, les affaires étaient les affaires ! Elle exprimait à peu près autant de chaleur que la musique industrielle du groupe qui transpirait sur scène.

— Bonsoir !

Elle ignora la chaise libre, toisant les Dingoes de haut. Décidément, elle aimait rappeler qui était aux commandes.

— J'ai aimé ce que j'ai entendu hier soir. Voilà vos contrats, continua-t-elle en ouvrant sa serviette en cuir. Celui-ci est pour les Dingoes. Il vous lie à moi pour quatre ans. En voici un pour Alex, un pour Willow et un pour Angel, au cas où il changerait d'avis. Vous ajouterez leurs patronymes.

Devon cilla, nerveux ; toujours impassible, Oz la regarda sortir une pile de documents. Un contrat de quatre ans pour le groupe ? Et d'autres pour Willow, Angel et Alex… Un contrat pour un simple factotum ? Il n'avait jamais entendu parler d'une telle chose !

— Le reste du groupe n'est pas là, dit Oz. Nous n'avions pas compris que vous apporteriez les contrats à signer dès ce soir.

Alysa hocha la tête.

— Aucune importance. Ils parapheront les contrats individuels plus tard. En attendant, voilà celui du groupe. Vous pouvez le signer… page huit.

— Non. Impossible, dit Oz.

Les yeux de la jeune femme s'assombrirent, même si elle ne se départit pas de son affabilité.

— Y a-t-il un problème ?

D'un regard, Oz intima le silence à Devon.

— Nous n'avons pas pu en parler à Mitch, et décider pour lui est hors de question.

— Qui est Mitch ? demanda Alysa.

— Notre parolier. C'est lui qui écrit tous nos textes. Comme il ne joue d'aucun instrument, il ne monte pas sur scène avec nous.

— Pourquoi n'en ai-je pas entendu parler ?

Oz haussa les épaules ; Devon garda le silence.

— Je vous l'ai dit, nous ignorions que vous apporteriez les contrats si vite. Mitch est en vacances avec ses parents. A Cancun, je crois.

Alysa cilla, rappelant curieusement un gros chat qui considère le meilleur moyen d'attraper une souris.

— Cancun. En plein milieu du trimestre…

Devon haussa nonchalamment les épaules.

— Ces gens riches, ça se croit tout permis.

La jeune femme rassembla les contrats et les rangea.

— Très bien. Demain après-midi, dernier délai. Ne me faites plus perdre mon temps, d'accord ?

— Mitch sera de retour tard demain soir, dit Oz. (Une alarme s'était déclenchée dans sa tête.) Pas avant.

Alysa se rembrunit, avant de dissimuler de nouveau son mécontentement.

— Entendu. Lundi, donc. Dans la journée.

— Venez au lycée, proposa Oz. Retrouvons-nous à la bibliothèque, après les cours.

Elle réfléchit, puis acquiesça.

— Très bien. *Mais*…, ajouta-t-elle en coinçant la serviette sous son bras, passé ce délai, vous pourrez dire adieu à votre carrière.

Elle tourna les yeux vers la scène où un groupe, les Broken Mirror, jouait du rock'n'roll avec un bassiste à la main lourde. Oz le trouvait plutôt mauvais.

— Le samedi soir, c'est le meilleur horaire pour un groupe. Saviez-vous que les Broken Mirror travaillent avec moi ? Dans un mois, vous pourriez leur voler la vedette.

Elle leur fit un dernier sourire carnassier et s'en fut.

Oz et Devon la r⌐gardèrent s'éloigner. Il y avait dans sa démarche une fureur qui n'y était pas à son arrivée. Les deux jeunes gens l'avaient mise hors d'elle en plaçant l'avenir du groupe entre les mains d'un personnage qu'elle n'avait jamais rencontré.

Et dont elle n'a aucune chance de faire la connaissance.

— Mitch ? lança Devon.

Oz se leva et repoussa sa chaise, pas mécontent d'entendre racler le sol.

— Un parolier fantôme qui nous fera gagner du temps... histoire de savoir dans quoi nous allons fourrer les pieds.

Willow frissonna pendant qu'Oz relatait leur rencontre mouvementée avec le Tyrannosaurus Rex.

— Buffy doit venir vous retrouver ici, dit-il à Giles. Nous n'avons pu parler ni à Kevin ni à Daniel. Angel et elle patrouillent. Moi... j'ai fini plus tôt que prévu.

« Avez-vous des pistes ?

Willow secoua la tête.

— Pas grand-chose. Quelques références à la mythologie et aux dragons... Rien de précis.

— Nous cherchons toujours, renchérit le bibliothécaire en désignant une pile de livres. C'est une question de temps.

La jeune fille hocha la tête puis dévisagea son petit ami. Oz jeta un coup d'œil à Giles, qui s'était replongé dans son bouquin de démonologie.

— Nous avons revu Alysa Barbrick. (Il raconta le rendez-vous.) Elle veut nous avoir tous sous contrat... pieds et poings liés – enfin, c'est une façon de parler –, et *vite* !

— Qu'as-tu fait ?

— J'ai gagné du temps. Je lui ai dit que nous devions en parler à une personne fictive. Alysa viendra ici, lundi après-midi.

— *Ici*, à la bibliothèque ? Ne crois-tu pas que c'est risqué, avec le timinus… ?

— Ça nous laisse quelques jours de plus pour réfléchir. D'ici là, cette histoire de dinosaure sera réglée.

Willow se mordilla la lèvre inférieure, le regard tourné vers l'écran de l'ordinateur.

— Je pourrais enquêter, fit-elle, songeuse.

— Sur Alysa ?

Elle hocha la tête.

— J'ai lancé des recherches sur les démons, mais je peux y consacrer une ou deux sous-fenêtres…

— Bonne idée. Je vais rentrer dormir un peu. Si tu vois Buffy, dis-lui que je la retrouverai tôt demain matin, pour aller chez Kevin. Nous saurons peut-être enfin ce que Daniel et lui ont invoqué…

Invoqué, se répéta Willow.

Un terme intéressant… et justifié. L'affaire n'était pas un travail d'amateur. Ces deux-là savaient ce qu'ils faisaient.

— Bien.

La jeune fille vit Oz jeter un autre regard au bibliothécaire, toujours plongé dans son bouquin, avant de se pencher pour l'embrasser et de repartir.

Songeuse, Willow lança plusieurs recherches. Comme dans la plupart des cas, la magie était à l'œuvre.

Mais il s'agissait d'une entité qui aurait dû périr depuis très longtemps.

Quand Buffy et Angel arrivèrent à la bibliothèque, Willow était rentrée. Il restait Giles, fidèle au poste.

— Ravie de voir qu'on se soucie de mon bien-être !

lança la jeune fille. Surtout que le démon de ce soir avait un plus gros appétit que le buveur de sang lambda…

L'Observateur ne daigna pas lever le nez de son livre.

— Oz est passé, répondit-il. Il nous a tout raconté.

Buffy regarda autour d'elle.

— Alex dormait debout, alors nous l'avons raccompagné chez lui. Will…

— … est rentrée aussi, coupa Giles. Oz a dit qu'il te prendrait demain matin, pour aller chez Kevin. Comment s'est passée la patrouille ?

— Pas un seul vampire. Nos amis doivent savoir qu'un vilain pas beau se promène en liberté et qu'il n'a rien contre l'idée de se mettre un des leurs sous la dent…

— Ah, fit le bibliothécaire, soudain intéressé. Donc, la force qui nous tracasse les intimide…

— Vous ignorez toujours ce que c'est ?

— Mais nous brûlons, c'est certain.

— Comment le savez-vous ? demanda Angel.

Giles releva la tête.

— Parce que nous avons regardé presque partout sans rien trouver.

— Salut, mec. C'est Devon.

Oz regarda le téléphone puis jeta un coup d'œil à son réveil. Il devait se lever dans une demi-heure, mais… un appel du chanteur à *six heures du matin* ? Il eut envie de demander : « *Qui êtes-vous et qu'avez-vous fait à Devon ?* »

Se frottant les yeux, il marmonna :

— Oui ?

Ou Devon avait passé une nuit blanche, ou un truc l'avait mis en rogne…

— Tu te souviens des concerts que nous devions donner à Newport vendredi et samedi prochains ?

L'occasion en or que nous avons attendue des mois ? Eh bien, nous l'avons perdue, mec !

— Comment ça ?

— J'ai appelé le directeur du club hier soir, au sujet du matériel. Il m'a répondu qu'il était justement sur le point de nous passer un coup de fil, parce qu'il avait engagé un autre groupe pour jouer à notre place. Je cite : « des petites bombes appelées Shy. »

— Attends. Nous avons un contrat, non ?

— Oui, et je le lui ai rappelé !

Oz imagina Devon en train de trembler de colère.

— En résumé, il s'en fiche éperdument ! Il a reçu l'offre de l'impresario des Shy la nuit dernière et il a accepté. Ce débile m'a dit d'engager un avocat, si ça ne nous plaisait pas ! Bon sang, il sait parfaitement que nous n'en avons pas les moyens !

Oz plissa les yeux. Une offre, samedi soir…

— T'a-t-il dit qui est leur impresario ?

— Oh, oui ! Tu ne devines pas ? Alysa Barbrick ! Je me demande si elle ne l'a pas fait exprès, histoire de se venger ?

Oz ne répondit pas. Mais Devon et lui connaissaient la réponse.

Le dimanche matin, le soleil californien n'était pas au rendez-vous. Un ciel nuageux, un vent frais… Buffy regardait Oz, qui accusait la fatigue. Des cernes soulignaient ses yeux verts. Sans compter ses bleus et ses bosses. Mais il sourit quand leurs regards se croisèrent.

— Crois-tu qu'il soit trop tôt ? demanda-t-elle.

Oz secoua la tête.

— Non ! Les bons élèves… se lèvent avec le soleil ! Si Kevin n'est pas réveillé, ses parents le seront. Il nous suffira de jouer les désespérés pour qu'ils courent le tirer du lit !

La jeune fille gloussa.

Désespérés, ils l'étaient de toute façon, même si ça n'avait aucun rapport avec des cours égarés…

Et la situation s'aggravait d'heure en heure.

La maison de Kevin Sanderson leur parut plus triste qu'à leur première visite : d'un jaune terne, avec une haie de buissons rappelant davantage un mur de protection qu'un ornement végétal. Même les pots suspendus semblaient déplacés. Ils auraient dû contenir quelque chose – ne seraient-ce que des fleurs en plastique.

L'ensemble fit frissonner Buffy, qui maudit la grisaille.

Oz frappa. La jeune fille eut un mauvais pressentiment en entendant un bruit de pas précipité. Mme Sanderson ouvrit la porte. Son espoir, vite douché, fut remplacé par une résignation qui faisait peine à voir.

— Oh ! Navrée… Je croyais que c'était mon fils.

La jeune fille avança.

— Kevin n'est pas là ? Savez-vous où il est ?

Mme Sanderson secoua la tête. Son mari arriva sur ces entrefaites. Buffy se souvint que son épouse avait évoqué ses problèmes de santé. Et la situation n'arrangeait rien.

— Il n'est pas rentré de la nuit, annonça-t-il d'une voix rauque. Un samedi soir, un jeune homme… Nous nous attendions à ce qu'il rentre tard. Mais il n'a même pas appelé.

— Ça ne lui ressemble pas, ajouta son épouse. Nous avons téléphoné chez Daniel Addison. En vain… Il n'est pas rentré de la nuit non plus.

M. Sanderson baissa la tête. Ses yeux injectés de sang étaient profondément enfoncés dans leurs orbites.

— Peut-être étaient-ils si occupés qu'ils n'ont pas vu le temps passer ? Alors, Kevin n'aura pas voulu nous réveiller et sera resté dormir sur place… S'il n'est pas rentré à midi, j'appellerai la police.

— Nous n'en arriverons pas là ! s'écria sa femme.

Tu sais que Kev se laisse absorber dès qu'il est question de dinosaures ! Il doit s'être lancé dans un nouveau projet.

Elle chercha du soutien près des jeunes gens.

— Oui, il se sera laissé... absorber, répéta la Tueuse.

Oz lui jeta un regard en coin.

— Nous repasserons plus tard, dit-il.

— Bien, fit Mme Sanderson, avec une gaieté forcée. Quand Kevin sera de retour, je lui dirai que vous êtes passés. Vous vous appelez Oz, c'est ça ?

Le garçon acquiesça.

La pauvre femme les regarda.

— Vous ne réussissez jamais à mettre la main sur mon Kevin...

— Simple question de temps, l'assura Buffy avant de sortir, en compagnie d'Oz.

— Alors ? demanda le jeune homme quand ils furent hors de portée d'oreille. Qu'en penses-tu ? Une attaque de vampires ?

— Je l'ignore... (Ils retournèrent sans hâte au van.) Beaucoup de gens, à Sunnydale, ont une sorte de... sixième sens... A la nuit tombée, très peu se promènent dehors. Ils *sentent* confusément qu'ils ne doivent pas. Kevin est nouveau... Il n'a sans doute pas encore de « radar ». Alors, il a pu être attaqué par des buveurs de sang.

Mais elle n'était pas convaincue. Oz non plus.

— Peut-être est-il au musée ? D'après ses parents, personne ne répond chez Daniel. Allons y faire un tour. Le musée ouvre à dix heures.

Buffy acquiesça, lançant un regard noir au ciel plombé.

— Avec tous ces nuages, on dirait qu'il fait encore nuit. Je préfère quand le soleil brille.

Oz hocha la tête.

— A Sunnydale, le soleil est un sérieux avantage.

— Oui, fit la jeune fille. Espérons qu'il illuminera le musée de ses feux quand nous y arriverons.

— Ai-je raison de croire qu'un drame vient de se produire ? demanda Buffy à Oz dans un souffle, alors qu'il se garait.

La pelouse du Musée d'Histoire Naturelle grouillait de monde. C'était inhabituel en soi. Mais quand il s'agissait d'ambulanciers, de policiers et de journalistes, cela sentait le roussi.

— Oh, oui…, répondit Oz. Et maintenant ?

— Allons voir de plus près.

Ils descendirent du véhicule et contournèrent la foule, attentifs à de ne pas être pris dans le champ d'une caméra. Ils ressemblaient à deux adolescents parmi tant d'autres. La jeune fille adopta l'air évaporé si souvent associé aux blondes – un « truc » infaillible. Et le meilleur moyen pour que son compagnon et elle passent inaperçus.

Il ne leur fallut pas longtemps pour approcher du fourgon de la morgue. Des policiers et deux ambulanciers s'affairaient. Les portières étant ouvertes, Buffy distingua une silhouette allongée sur un brancard, sous un drap. Les taches qui maculaient le tissu paraissaient noires, mais la lumière était mauvaise.

Les deux amis se mêlèrent aux employés de la ville, l'oreille tendue. Buffy vit un ambulancier monter dans le fourgon et en redescendre avec un sac en plastique, qu'il tendit à un policier.

— Ses papiers sont là-dedans.

Le flic désignait le contenu du sac, refusant d'y toucher. Avec un haussement d'épaules, l'autre fouilla dedans. Il en sortit un portefeuille dans un piteux état et l'ouvrit.

— Impossible de savoir, avec ce qui en reste, dit-il.

Mais c'était un gamin – vingt-deux ans à peine. Il s'appelait Daniel Addison.

Oz devint livide ; Buffy sursauta.

— Uh-ho...

Le policier qui avait refusé de toucher aux effets personnels de la victime fronça les sourcils. Buffy lui refit son numéro de blonde évaporée, enroulant même une mèche de cheveux autour de son index. L'homme se désintéressa d'elle et de son compagnon.

— Une idée de ce qui lui est arrivé ?

L'ambulancier haussa les épaules.

— Aucune. A première vue, je dirais qu'il a été attaqué par un animal sauvage... Mais c'est un musée, pas un zoo. Tous les animaux sont morts et empaillés depuis longtemps.

« Ça doit être l'œuvre d'un psychopathe... Ce ne serait pas le premier meurtre du genre.

Un autre policier sortit un calepin de sa poche pour prendre des notes.

— C'est vrai, dit-il.

Dégoûté, il regarda les journalistes et les équipes de télévision.

— Cette affaire fera les gros titres, soupira-t-il. Donnez-moi l'adresse de la victime. J'ignore ce que notre homme faisait au musée, mais il faut avertir sa famille... de préférence *avant* qu'elle ne découvre qu'il est devenu une star.

CHAPITRE XI

— Ça va faire deux heures que nous sommes là, à attendre que les curieux s'en aillent. Nous avons voulu joindre Giles, sans succès, résuma Oz, jetant un coup d'œil vers l'entrée. Un écriteau avertit que le musée est fermé pour la journée. Mais il y a toujours des allées et venues. Les systèmes d'alarme sont désactivés. Profitons-en pour nous introduire dans la place.

— C'est maintenant ou jamais, ironisa Buffy.

Elle jeta un coup d'œil vers l'entrée principale. Au même moment, le jeune homme aperçut une porte en partie dissimulée par une poubelle.

— Qu'en dis-tu ?

— La sortie des ordures ! lança Buffy avec une gaieté feinte. Ça a toujours été mon option préférée.

Elle saisit la poignée. Fermé ! Après avoir vérifié que personne ne leur prêtait attention, elle la tordit. Un bruit de métal froissé retentit et la porte s'ouvrit.

— Au moins, elle ne grince pas, dit Oz. Dans les films d'horreur, on n'y coupe jamais...

Buffy lui jeta un regard éloquent.

Evite ce genre de commentaire.

— Désolé.

Elle lui fit signe de rester où il était et entra. Quelques secondes plus tard, elle réapparut, l'invitant à la suivre.

— La voie est libre.

Oz préféra ne pas lui rappeler que les personnages des films d'horreur disaient toujours ça… avant que la blonde écervelée soit attaquée par un monstre baveux. Il la suivit sans un mot, refermant la porte derrière lui. Si les agents de la sécurité branchaient le système d'alarme, sauraient-ils qu'une issue avait été forcée ?

Trop tard pour s'en inquiéter.

Buffy avait vu juste. Ils étaient dans une remise utilisée par la maintenance, à l'arrière du musée. En plus des poubelles, il y avait des piles de cartons, ficelés pour être recyclés. Au fond de la pièce se dressait un compacteur à ordures. Des relents de fruits et de légumes pourris s'en échappaient – les déchets de la petite cafétéria.

Oz suivit son amie, qui cherchait la sortie. Par bonheur, la porte n'était pas fermée… Mais qui aurait eu l'idée d'entrer là ? Le couloir, c'était une autre histoire. Malgré le chiche éclairage, ils durent se plaquer contre le mur en découvrant qu'il donnait sur le hall d'entrée – qu'un agent de la sécurité était en train de verrouiller.

— Combien de gardes, à ton avis ?

Buffy secoua la tête.

— Si la direction est radine, un seul. Sinon, il pourrait y en avoir jusqu'à deux par étage.

— Comment retrouver notre chemin pour sortir ? Le bureau d'accueil ne risque pas de nous renseigner !

La Tueuse étudia la question, sans quitter des yeux le garde justement installé au bureau d'accueil. Il prit un dossier, ajouta quelques annotations, puis partit faire sa ronde.

Quand il eut disparu, Oz se faufila à sa place pendant que Buffy montait la garde. Trente secondes plus tard, il la rejoignit avec un cahier bleu sous le bras.

— Les plans des étages, annonça-t-il avec un grand sourire.

La Tueuse désigna les toilettes, à quelques mètres de là. Ils s'y faufilèrent en silence.

— Nous devons trouver le bureau de Daniel.

— Un flic a mentionné un labo au troisième, dit Oz. Pourquoi, si ça n'était pas là qu'on a retrouvé le corps ?

Buffy hocha la tête et feuilleta le cahier.

— Très bien, dit-elle, traçant d'un index l'itinéraire qu'elle avait choisi. Nous prendrons l'escalier situé derrière le bureau de la sécurité – attention, le garde pourrait revenir. Au troisième, nous longerons le couloir, puis prendrons à gauche. Ça devrait nous mener dans la zone réservée des labos.

La lumière des toilettes étant réduite au strict minimum, Buffy se pencha sur le plan.

— Je n'arrive pas à voir si c'est une zone de sécurité, mais je parie que oui. Allons-y !

Accroupi derrière elle, Oz attendit qu'elle ait vérifié qu'il n'y avait personne dehors. Puis ils sortirent. Alors qu'ils longeaient le couloir et montaient l'escalier, sur le qui-vive, Oz hésitait... Se sentait-il comme un prisonnier qui tente de s'évader, une souris qui espère échapper au chat ou un espion égaré dans un *James Bond* ? Ah, s'il avait eu les mêmes références futiles qu'Alex ! Il aurait préféré que le monde imaginaire de l'espionnage high-tech lui trotte dans la tête, plutôt que les paroles du policier...

... Il faut avertir sa famille... de préférence avant qu'elle ne découvre qu'il est devenu une star...

Le flic devait être en train d'annoncer la triste nouvelle. A qui ? Aux parents de Daniel Addison ? A sa fiancée ?

Ça amenait une autre question : où était Kevin Sanderson ? Etait-il mort, lui aussi ? Dans ce cas, il avait payé très cher le fait d'avoir écouté quelqu'un promettre de lui ouvrir une voie vers ce qu'il désirait le plus au monde. Oz ne savait rien des objectifs des jeunes paléontologues, mais comparer les aspirations de Kevin aux siennes tenait la route. Et de là aux contrats établis par Alysa « aux dents longues » Barbrick, il n'y avait qu'un pas…

En dépit du stress, Oz et la Tueuse atteignirent le troisième étage sans encombre. Peut-être n'y avait-il en effet qu'un garde dans le musée. Ou deux…

Les jeunes gens devraient redoubler de prudence.

— C'est ici, souffla Buffy. Regarde, la police a posé des scellés…

Oz hocha la tête. Ils passèrent sous les cordons jaunes et noirs qui interdisaient l'entrée du labo. Lieu du crime ou pas, ce n'était pas comme à la télévision. On avait nettoyé les lieux. Il restait des taches çà et là, des traces gluantes là où la serpillière mal rincée était passée trop vite et des gouttes séchaient sur les rebords des tables métalliques. Mais il y avait eu tellement de sang, de chairs et de tripes éparpillés dans la pièce…

Oz et Buffy se gardèrent de piétiner les parties du sol encore humides.

— Que cherchons-nous ?

La jeune fille haussa les épaules.

— Aucune idée. Je le saurai quand je le verrai.

Oz jeta un coup d'œil par-dessus son épaule, inquiet de voir arriver un garde.

— Eh bien, nous… Regarde ! C'est sans doute l'indice le plus sérieux dans cette affaire…

— Quoi ? demanda Buffy.

— Des œufs. *Eclos* !

Oz se tut un instant. Quand il reprit la parole, sa voix tremblait.

— Nous avons un *gros* problème.

— Pourquoi ?

Il se tourna puis s'écarta. Buffy aperçut la cage. Les barreaux, pourtant solides, étaient tordus ou brisés.

— Parce qu'il y en a *trois*.

Buffy assimila l'information. Trois œufs... Ils avaient tué un bébé dinosaure dans une ruelle à côté du *Bronze* et ils en gardaient un autre prisonnier à la bibliothèque. Restait... la créature non-identifiée qui avait fait de la charpie de Daniel Addison.

Ils n'avaient jamais cru que ça serait facile, après tout...

Oz enchaîna sur une autre mauvaise nouvelle.

— Regarde-les de plus près ! Ces coquilles proviennent d'œufs de la même espèce... Des œufs enchâssés dans ce socle de pierre fossile. Il y en a deux autres, Buffy. Des Tyrannosaurus Rex !

La jeune fille voulut protester... mais elle se ravisa. Le timinus était d'une espèce différente, et visiblement plus vieux que le tyrannosaure abattu. Ç'avait dû être le galop d'essai de Daniel et de Kevin. Quand il s'était échappé, enhardis, ils avaient décidé de passer aux choses sérieuses.

Et ils avaient réussi.

Oz s'éclaircit la gorge.

— Et maintenant, on fait quoi ?

A voir l'air ébahi de Buffy, elle n'en avait pas la moindre idée.

Je ne suis,,, pas sûre. Il n'est plus ici, n'est-ce pas ? Le musée a grouillé de flics pendant des heures. Et ils ont dû le fouiller de fond en comble.

« L'ennui, c'est que nous n'ayons pas retrouvé Kevin... Peut-être est-il rentré chez lui ? Daniel aurait-il mené seul sa petite expérience ?

Elle se mordilla la lèvre, pensive.

— Réessayons de joindre Giles. Qui sait, il aura peut-être du nouveau.

Oz approuva du chef. Ils allaient sortir quand un objet attira son regard : un cahier posé sur une pile de matériel. Avec tous les dossiers, classeurs et autres carnets présents sur les lieux, comment s'étonner que les enquêteurs n'aient pas remarqué celui-là ?

— Attends, Buffy… C'est à Kevin.

— A-t-il écrit comment lui est venue la brillante idée de ramener un dinosaure à la vie ?

— Je crois que nous avons déjà la réponse, marmonna Oz.

— Daniel Addison.

Il feuilleta le cahier.

— Ce que j'aimerais savoir, c'est comment elle est venue à *Daniel*.

Buffy allait répondre, mais elle se raidit.

— Un garde ! souffla-t-elle.

Oz fourra le petit cahier dans la poche de sa chemise et, se faufilant entre deux tables de labo, s'aplatit sur le sol. Buffy trouva refuge dans une alcôve, sous les étagères où s'alignaient des bocaux et des fossiles étiquetés. Ils ne devaient pas être surpris sur les lieux, ça soulèverait trop de questions embarrassantes. Et ils passeraient des heures derrière les barreaux… Non, c'était impensable. A en juger par les restes du « nid », ils avaient deux tyrannosaures à mettre hors d'état de nuire.

Le chuintement de semelles de crêpe sur du carrelage se précisa. A sa démarche, l'homme n'avait rien à cacher et n'était pas inquiet… sauf en approchant du labo. Un crime atroce y avait été commis.

Cela l'inciterait-il à se montrer plus vigilant ? Franchirait-il le cordon de police pour satisfaire sa curiosité ?

Les pas s'arrêtèrent. Oz entendit la respiration du garde qui inspecta le labo à la lumière du faisceau de sa torche. Le type avait le souffle court. Il ne devait pas être en grande condition physique. Mais cela l'empêcherait-il de jouer les héros, s'il apercevait quelque chose d'insolite ?

150

Trente secondes passèrent... puis l'homme s'éloigna. Si Oz avait bonne mémoire, le garde avait tourné à droite, dans la galerie du directeur. Là, il examinerait l'exposition consacrée aux mammifères d'Amérique du Nord et celle dédiée à la faune marine, ou descendrait à l'étage inférieur. A moins que sa ronde ne l'amène devant le chaparral. Dans ce cas, il prendrait le même escalier que les deux intrus... Sortir du musée ne serait pas facile.

Oz avait toujours les plans. Il vérifia leur position. Ils n'étaient pas très loin d'autres toilettes. Avec un peu de chance, il y aurait un téléphone public, qui n'allumerait aucune ampoule suspecte sur les consoles de la sécurité. Pendant que Buffy téléphonerait, il monterait la garde.

Quand ils furent sûrs que l'agent était parti, la Tueuse fit signe à Oz. Ils quittèrent le labo pour se réfugier dans les toilettes.

Quand le téléphone sonna, Giles pensa que c'était Buffy ou un de ses amis. Qui d'autre aurait appelé le dimanche ? Mais il devait rester prudent. Mieux valait ne pas se montrer trop familier et découvrir ensuite qu'il avait le principal Snyder au bout du fil.

— La bibliothèque, annonça-t-il en décrochant. Monsieur Giles à l'appareil. Puis je...

— C'est moi. Nous essayons de vous joindre depuis des *heures* !

Buffy ! Elle murmurait, comme si elle se cachait.

— Désolé, j'étais dans la réserve. Ravi que tu appelles. J'étais inquiet. Où es-tu ?

— Oz et moi sommes au musée. Fermé pour la journée. Daniel Addison est mort.

— Tué par un dinosaure ?

— Officiellement, il a été victime d'un animal sauvage. Mais c'est un peu fort quand on sait qu'il a péri dans un musée rempli de bestioles mortes – ou *supposées* l'être. Vous n'auriez pas découvert un des grands secrets de l'Univers, par hasard ?

— Sans aller jusque-là, ce que nous avons déniché ne manque pas d'intérêt, répondit Giles en tirant sur le fil du téléphone pour se rapprocher de la table où il avait laissé ouvert un livre à couverture indigo. Il y a une référence à un dragon nommé Ladon, dont l'objectif est de trouver un hôte pour les quatre parties de son esprit.

— Ladon, hein ? Tout concorde. Mais… pourquoi ? Et comment cela a-t-il commencé ?

« Attendez, Oz veut vous parler. Ne quittez pas.

— Très bien.

Giles entendit sa Tueuse et son compagnon échanger quelques mots inintelligibles. Puis Oz prit le combiné. Le bibliothécaire l'imagina près de l'appareil, avec l'expression d'intelligence nonchalante qui le caractérisait si bien.

— Je crois savoir pourquoi, souffla-t-il. J'ai mis la main sur un cahier de notes appartenant à Kevin. Daniel aurait trouvé un journal dans une des caisses stockées au sous-sol du musée. Gibor Nuriel, ça vous dit quelque chose ?

— Non, répondit le bibliothécaire en griffonnant le nom sur un bout de papier. Je devrais ?

Il entendit tourner des pages.

— Kevin n'a pas donné de date, continua Oz. Mais j'ai cru comprendre que Nuriel était un paléontologue rattaché au musée, il y a quelques années. Daniel a trouvé son journal où, d'après Kevin, un rituel invoquait une entité répondant au nom de « Ladonithia ».

Giles sursauta.

— Ladonithia ? Willow a une seule référence s'y rapportant. Peut-être n'était-ce pas une impasse, après tout. Autre chose ?

152

— Non, répondit Oz. Retrouver le journal utilisé par Daniel serait bien. Au fait, toujours aucune trace de Kevin.

— Et Daniel Addison est mort… Ça n'est pas bon signe.

— Pas bon du tout. Je vous repasse Buffy.

L'Observateur entendit une note de désespoir dans la voix de sa Tueuse quand il l'eut de nouveau au bout du fil.

— Nous avons découvert trois autres œufs, Giles. Des œufs *éclos*, enchâssés dans le même « nid » fossilisé. Autrement dit, il y a deux « bébés » comme celui que nous avons tué la nuit dernière.

Il l'entendit soupirer.

— Et ils sont plus vieux d'un jour, ce qui veut dire qu'ils ont grossi. Vous saisissez ?

— J'en ai peur. Willow continue les recherches, mais…

— Dois-je vous rappeler que nous pourrions nous transformer à tout moment en nourriture pour dino ?

— Non, inutile.

Le bibliothécaire regarda la pendule. Treize heures passées. Quand on voyait à quelle vitesse le timinus grandissait…

— Willow ne devrait pas tarder à arriver. Peut-être devriez-vous revenir à la bibliothèque, jusqu'à ce que nous ayons des informations supplémentaires ?

— Nous allons d'abord nous assurer que nos « petits » amis ne sont plus dans le musée, répondit Buffy. Personne ne les a vus en ville. Mais la police n'a rien glané ici non plus. Bien sûr, le bâtiment est grand… Ces dinosaures sont intelligents, vous ne trouvez pas ?

— Peut-être est-ce un démon rusé ?

— Possible. Ce ne serait pas la première fois.

La Tueuse marqua une pause ; Giles entendit Oz poser une question.

— D'accord, voilà le plan A : nous allons passer au peigne fin les étages et la cave… Si les gardes veulent bien nous laisser faire. Nous vous rappellerons avant de partir – disons, dans une heure. Alors, vous aurez sans doute la réponse à nos questions.

— Bien sûr, ironisa l'Observateur. Euh, Buffy ?

— Oui ?

— Quel est le plan B ?

Elle prit son temps pour répondre.

— Eh bien, il n'est pas encore très défini, mais il implique de courir très vite et de ne pas se laisser dévorer.

— Excellente stratégie.

Giles allait appeler Willow quand il la vit entrer dans la bibliothèque, suivie par Alex.

— Où étiez-vous passés ? Buffy et Oz sont au musée. Daniel Addison est mort… On a retrouvé son corps ce matin.

Alex grimaça.

— Déchiqueté par un dino ?

— Oui, c'est fort probable.

Willow en resta un instant bouche bée.

— Ils sont au musée en compagnie d'un autre dinosaure ? En ce *moment* ?

— As-tu du nouveau ? demanda Giles, ignorant sciemment ses questions. J'ai consulté ces livres, sans succès.

Willow fit un effort pour se reprendre.

— Oh… Mes efforts ont été payants. Regardez.

Elle posa son sac sur la table, le fouilla, puis en sortit des feuilles imprimées.

— Entre Internet et mes livres sur la Wicca, voilà ce que j'ai obtenu.

154

Giles eut l'air perplexe.

— Tes livres sur la Wicca ? Au milieu des sorts d'invocation ?

Elle secoua la tête.

— Non. Mes recherches m'ont entraînée dans une autre direction. Croyez-le ou pas, je suis tombée sur des sorts de protection… contre l'esprit démoniaque Ladonithia. (Elle soupira.) Mais sachez qu'aucun n'est assez puissant pour tenir en échec cette entité maléfique.

L'Observateur retira ses lunettes et mordilla le bout d'une branche.

— Encore une référence à Ladonithia…

Willow feuilleta les pages qu'elle avait apportées.

— Oui. Lancée sur la bonne voie, j'ai eu toutes les informations que je voulais. Si je n'ai rien pu découvrir la première fois, c'est que le site Internet est sous la dénomination « graphique » au lieu de « texte ». Nous avions vu juste : « Ladon » et « Ladonithia » sont une seule et même entité. Le suffixe « ithia » a été rajouté à une époque, pour le décorum.

— Laisse-moi voir, fit Giles en se penchant. (Willow désigna la reproduction d'un parchemin.) « *Ladonithia-à-quatre-têtes est le démon des enfers correspondant au dragon de la mythologie grecque, Ladon* » lut-il, « *Si son hôte peut être détruit, son esprit est invulnérable. Il dort dans le monde souterrain et se réveille pour investir un nouvel hôte, grâce au rituel approprié. L'hôte doit être une créature de son espèce, sinon de sa taille. Même alors, Ladonithia est si puissant que ses quatre esprits doivent posséder chacun un hôte distinct. Quand c'est fait, les quatre entités n'ont plus qu'à se fondre en une seule. C'est l'unique moyen pour Ladonithia d'échapper aux enfers et de recouvrer sa liberté. Alors, il reprendra sa taille gigantesque et dévorera les corps et les âmes des mortels.* »

Willow avait blêmi.

— Vous avez vu cette gravure ?

Le bibliothécaire étudia la représentation : un dragon volant, quatre têtes cornues se balançant au bout de cous puissants.

— Des ailes, dit Willow. Il a des *ailes*.

Alex releva le menton.

— Aucune importance ! Cette histoire d'hôtes a signé sa perte. Nous en avons éliminé un.

— D'accord… nous en avons tué un, reconnut Willow. Et maintenant ?

— « Nous » ? fit Alex. Tu ne faisais pas partie de ce « nous ».

— Attendez, murmura Giles. Laissez-moi continuer… Là ! « *L'esprit de l'hôte mort partage le corps de l'hôte d'origine…* »

— C'est ça ! s'écria Willow. Ça explique son accès de violence hier soir.

Elle se tourna vers le timinus, qui lui lança un regard mauvais.

— Il s'est senti… envahi… quand vous avez tué son copain, près du *Bronze* !

— « *… jusqu'à ce qu'un autre hôte se présente.* »

Le bibliothécaire pâlit à mesure que ces informations faisaient leur chemin dans son cerveau.

— Ça n'augure rien de bon. Si Oz et Buffy découvrent un autre de ses « petits » copains…

— A condition de ne pas être surpris les premiers, fit Alex sans le moindre tact.

— Alex ! grogna Giles.

— Quoi ?

Le jeune homme sursauta, inconscient de l'impact de ses paroles.

— Je vous rappelle qu'ils sont partis combattre une créature dotée de dents aiguisées comme des poignards !

156

— Alex, ferme-la ! conseilla Giles avec une dureté inhabituelle.

Le jeune homme allait sortir une vanne. S'avisant de l'expression de Willow, il baissa la tête, penaud.

— Oups. Désolé… Ils s'en sortiront très bien, tu verras.

L'Observateur lui lança un regard noir, puis replongea le nez dans sa lecture.

— « *Pour rendormir le dragon pendant au moins trois fois vingt ans, ses hôtes doivent être éliminés. L'hôte d'origine devra être détruit le dernier, quand son esprit aura été uni à celui de ses trois frères.* »

— C'est mauvais, dit Willow d'une voix rauque. Regardez-le ! De quoi aura-t-il l'air quand il aura eu deux fois la dose d'hier soir ?

— Pourquoi ne pas le tuer dès maintenant ? demanda Alex.

— Ça n'est pas précisé… Je suppose que ça anéantirait les liens qui existent entre les autres monstres et lui. Et l'esprit qui l'habite se transférerait aux autres hôtes. Attendre la fin du processus est le seul moyen de les ressembler tous au même endroit avant de les renvoyer d'où ils viennent… Ça vaut le coup de patienter.

— Si Buffy avait tué le timinus la nuit où elle l'a attrapé…, soupira Willow. *Avant* que d'autres œufs n'aient éclos…

— C'est quoi, « trois fois vingt ans » ? demanda Alex.

— Une unité de temps, répondit Giles, agacé.

— Tu as déjà entendu l'expression « deux fois vingt printemps », non ? lança Willow.

— Euh, oui, mais… Ai-je manqué quelque chose ?

— Oublie ça, marmonna Giles.

Décidément, Alex ne cesserait jamais de l'étonner. Mais il avait d'autres chats à fouetter.

— L'auteur veut simplement dire que le dragon peut tenter de se libérer une fois tous les soixante ans.

Il interrogea Willow du regard.

Elle hocha la tête et sortit une autre liasse de feuilles.

— Des faits troublants correspondent à certaines dates... Sur plusieurs siècles et toujours aux alentours de sites de fouilles paléontologiques ! Evidemment, le tout se confond avec des légendes et des histoires de créatures aux allures de dragons... A l'époque, les gens ignoraient à quoi ils avaient affaire.

Giles feuilleta les documents.

— Et la dernière fois, c'était en... ?

— Vous avez deviné. Il y a soixante ans !

— Voilà qui corrobore ce qu'Oz m'a annoncé au téléphone. Il a trouvé un cahier de notes appartenant à Kevin. Il y avait un nom... Je l'ai écrit là.

Il le montra aux deux jeunes gens.

— J'ai déjà vu ce nom quelque part..., murmura Willow.

Elle consulta ses notes et brandit victorieusement la copie d'un vieil article de journal.

— Le professeur Gibor Nuriel fut tué en 1939, alors qu'il faisait des fouilles au Texas. Sa tente explosa pour une raison inconnue. Ses effets personnels ont été renvoyés au musée.

— Oui ! exulta Giles. Ça explique tout. D'après les notes de Kevin, Daniel avait déniché le journal de Nuriel dans une caisse, à la cave.

— En remontant le temps, j'ai découvert qu'il y avait eu le même genre d'incident, soixante ans auparavant.

Willow leur commenta l'article correspondant, rédigé dans le style de la deuxième moitié du XIXe siècle.

— Ça c'est passé lors de la découverte du squelette d'un ptérodactyle, à Big Bend, au Texas. Une nuit, un témoin affirma avoir vu des Gitans pratiquer un « rituel

158

étrange » sur des os. Ensuite, une créature – sans doute le ptérodactyle – se dressa et essaya de voler. Mais elle échoua, n'ayant qu'une aile. Elle réussit quand même à s'échapper…

« Le lendemain, le shérif envoya un détachement à sa recherche. Ils abattirent la créature et brûlèrent son cadavre.

— Extraordinaire, fit Giles. Chaque fois que l'hôte d'origine est tué avant que les trois autres ne soient ranimés, le processus prend fin. Mais… (Il jeta un coup d'œil vers la cage.) Ladonithia promet à son libérateur d'exaucer son vœu le plus cher. Comme avec le serpent du jardin d'Eden, c'est un mensonge. Je suis certain que tous les échecs du démon ont été dûment remarqués et consignés depuis que l'homme écrit son histoire. Il suffirait de mettre le doigt sur les mythes et les légendes appropriés.

— C'est certain, renchérit Willow. Nous…

— Je m'en voudrais de doucher votre bel enthousiasme, coupa Alex, mais en quoi ces vieilles histoires aideront-elles Buffy et Oz ?

— Comme nous l'avons souvent appris à nos dépens sur la Bouche de l'Enfer, le passé n'est pas nécessairement mort, rappela le bibliothécaire. Et Buffy et Oz ont un besoin vital d'informations. Si ces créatures se dirigent d'instinct vers l'hôte d'origine, cela pourrait aider la Tueuse à les repérer avant qu'elles ne quittent le musée.

— Oh là ! fit Alex. *Ces* créatures ? Vous voulez dire que le compte y est ? Depuis quand ?

Giles s'avisa qu'il avait oublié de mentionner le « nid ».

— Selon Buffy, Daniel et Kevin ont fait éclore trois dinosaures d'un coup…

— Oh, n'ajoutez rien…, gémit Alex. Il y en a deux autres comme celui de la ruelle, c'est ça ?

— J'en ai peur.

— Je vais me recycler dans le dressage d'alligators à main nue. A côté de ça, ce sera un métier pépère. Ne me dites pas que je dois rejoindre Buffy et Oz au musée, histoire de jouer à mon tour les casse-dalles pour dino…

Giles remonta ses lunettes sur son nez.

— C'est pourtant ce que je te demande. Ils courent un trop grand danger pour que nous restions les bras croisés.

— Je t'accompagne, dit Willow. L'union fait la force, tu te rappelles ? Nous veillerons l'un sur l'autre.

— Sûr, fit Alex en reprenant le pull qu'il avait jeté sur une chaise en entrant. Pense-s'y comme à une aventure que tu raconteras à tes petits-enfants… Et bla-bla-bla.

Il jeta un regard assassin au bibliothécaire.

— Car tu sais que ces histoires de monstres et de vampires ne te suivront pas toute ta vie… Pas vrai, Giles ?

L'Observateur les regarda sortir sans rien trouver à répondre.

CHAPITRE XII

— Bien, dit Buffy. Nous avons passé les étages au peigne fin et la porte du sous-sol est fermée à clé…

Ils étaient de retour au rez-de-chaussée, devant la petite boutique de souvenirs.

— Tu es sûr que nous ne pouvons pas la forcer ?

— Non, elle est reliée au système d'alarme. Les gardes nous tomberaient dessus… et la police aussi.

La Tueuse regarda autour d'elle, pensive.

— Bon, si nous ne pouvons pas entrer, je suppose que rien ne peut sortir. Nous déclencherons sans doute l'alarme en partant, mais nous serons loin avant que quiconque ne survienne.

Son compagnon hocha la tête.

— Par où allons-nous ?

— Par là, à droite, répondit Buffy. Nous ferons le tour pour ressortir par le local de maintenance où nous sommes entrés.

— D'accord. A toi l'honneur.

Buffy se hâta. Il lui tardait aussi d'en finir.

Ils se retrouvèrent bientôt devant une intersection.

— Nous nous séparons ?

— Certainement pas ! dit la Tueuse. Ce serait tenter le diable.

Ils se plaquèrent contre le mur. Quelle section était susceptible d'intéresser un bébé dinosaure ? Oz montra une pancarte indiquant « MAMMIFÈRES AFRICAINS ».

Zut, encore une variable… Les bébés dinos aimaient-ils chasser ? Possible, mais il y avait des chances qu'ils préfèrent les proies vivantes aux animaux empaillés et poussiéreux des expositions… Elle allait le faire remarquer à son compagnon, quand elle vit un détail de nature à compliquer encore l'équation : en blanc sur fond noir, des flèches indiquaient dans un sens « MAMMIFÈRES AMERICAINS » et dans l'autre « FOSSILES ET DINOSAURES ».

— C'est quoi, ça ? fit Oz à voix basse.

Buffy suivit du regard la direction qu'il indiquait et plissa les yeux. En se concentrant un peu, elle distingua…

— … Un stylo ?

Son compagnon jeta un coup d'œil vers l'entrée, s'assurant que les gardes n'étaient pas dans les parages, puis il se précipita pour ramasser l'objet.

— Exact !

— Et… ?

— Un banal stylo à bille…

Il l'étudia de plus près.

— … maculé de sang.

La Tueuse plissa le front. Il avait raison. Ces taches noirâtres étaient bien du sang.

— Je parie qu'on ne vend pas de stylo couvert de sang à la boutique de souvenirs… Celui de Daniel ? Ou celui de Kevin ?

Oz haussa les épaules, avant de jeter le stylo dans une poubelle murale.

— Alors… fossiles et dinosaures ?

Buffy grinça des dents.

— Quoi d'autre ?

Un simple coup d'œil dans la salle réservée à l'exposition de fossiles leur suffit. Elle ne pouvait pas servir de cachette à un dinosaure. Il y avait bien une issue à l'autre bout, mais Buffy y reviendrait uniquement s'ils ne trouvaient rien dans les pièces suivantes.

Pour l'exposition de dinosaures, l'entrée passait sous une grande arche. Au-dessus pendait une bannière proclamant : « BIENVENUE À LA PALÉO-VUE ! »

Ils entrèrent… et s'arrêtèrent net.

— Génial. Ça nous facilitera la tâche…

Ils venaient de pénétrer dans une salle deux fois plus grande que l'exposition de fossiles. Comme au rez-de-chaussée, le plafond était très haut, six mètres au moins. Pourtant, l'impression d'ensemble n'avait rien… d'aéré. La reproduction de la jungle préhistorique – à quoi s'attendre d'autre ? – avait de quoi rendre claustrophobe. Des plantes, en soie ou réelles, se dressaient partout. Le fond sonore, réglé à un niveau plus bas la nuit que le jour, ajoutait au réalisme de la scène. Des ventilateurs invisibles jouaient leur rôle, brassant l'air et agitant les feuillages. Même les dalles étaient dans les tons de vert.

Inutile d'avancer à pas de loup : la bande-son couvrait les bruits de pas. Mais l'avantage qu'en retiraient Buffy et Oz était aussi valable pour les créatures qu'ils cherchaient.

Pas étonnant que celles-ci soient restées dans le musée ! la planque idéale !

— Pourquoi est-ce si humide ? demanda Buffy.

— Pour faire plus authentique, répondit Oz. On arrête sans doute les humidificateurs la nuit, afin d'éviter que la collection ne pourrisse. Ces gens ont fait du bon boulot avec les reconstitutions.

Buffy fronça les sourcils ; Oz haussa les épaules.

— Oui, certains sont très réalistes, admit la Tueuse. Je n'aurais jamais cru qu'une exposition me rendrait aussi nerveuse…

Oz eut un regard ironique.

— Ah, oui ? Même après cette histoire de princesse inca ?

Le regard de Buffy volait d'un coin à l'autre, à l'affût du moindre mouvement suspect.

— C'est vrai. Mais cette fois, je suis dépassée.

— Par la taille, peut-être, observa Oz. Pas par l'intelligence.

La remarque ne réconforta pas la Tueuse.

— Qui sait ? N'oublie pas ce que Giles a dit : nous avons affaire à un démon, pas à un dinosaure.

— Possible. Dans ce cas, il n'a pas beaucoup de chance contre toi.

N'apprenait-on pas de ses erreurs ? Or, Ladon, ou Ladonithia, produisait encore et encore des copies de lui-même...

Buffy déglutit péniblement. Entrer dans cette salle sombre ne lui disait rien qui vaille... Mais avait-elle le choix ? Tandis que la partie terrifiée d'elle-même essayait de se convaincre qu'ils n'y trouveraient rien, une autre, froidement logique, savait qu'il faudrait dans ce cas chercher ailleurs... Alors, quelle différence ?

Eh bien... Pour commencer, « ailleurs », il y aurait plus de lumière. Un « bruitage » du XXe siècle. Et surtout, des armes...

Etre armée rendrait la pilule moins amère...

— Attends, fit Oz à voix basse, sortant le plan de sa poche. Allons d'abord par là.

Buffy consulta le plan.

— « Cultures Nord-Américaines » ?

Oz rangea le précieux carnet.

— Il devrait y avoir des lances et des haches. Une fois notre marché fait, nous reviendrons jeter un coup d'œil par ici.

— Comment ? Tu ne veux pas affronter ces créatures à main nue ? Pourquoi cela me semble-t-il une excellente idée ?

164

Ironie mise à part, elle aurait pu l'embrasser !

Ils revinrent sur leurs pas.

— Par là, dit Oz. D'abord tout droit, puis à droite, par la salle des mammifères. Il faudra peut-être faire le tour de l'expo…

Buffy laissa son compagnon prendre la tête. Il semblait avoir un don pour analyser les plans de musée. Le sien consistait surtout à « sentir » les gardes. Si ça marchait aussi avec leurs ennemis venus de la préhistoire, ils auraient peut-être une chance de les vaincre.

— Jackpot ! souffla Oz.

Il posa une main sur le bras de la Tueuse, désignant des objets accrochés au mur. Pour les attraper, il leur suffirait de monter sur les vitrines.

— Essaie de ne rien casser, souffla Oz. Ça déclencherait une alarme.

— Compris, dit Buffy.

Il s'agissait de prendre des armes utilisables en la circonstance. La Tueuse choisit quatre tomahawks affûtés. Ils en garderaient un au poing et glisseraient l'autre à leur ceinture. Les haches indiennes avaient un avantage sur les lances : une fois projetées, celles-ci étaient généralement perdues. Et leur bois n'était peut-être plus très solide… Buffy dédaigna les arcs et les flèches pour la même raison, leur préférant de longs couteaux. Sans être très aiguisés, ils restaient pointus et porteraient des coups mortels.

— Nous voilà parés, Oz, murmura-t-elle. Je suis prête. Et toi ?

Le jeune homme eut l'air de vouloir faire un commentaire – du genre : « *Prêt à quoi, mourir au combat ?* » Mais il se contenta d'acquiescer.

Puis il guida la Tueuse jusqu'à la salle des dinosaures. Cette fois, ils entrèrent par une petite porte latérale. La nuit, une lumière dorée éclairait l'exposition. Les deux jeunes gens avancèrent sous les cris des dinosaures et des insectes. Ne disait-on pas que les cafards existaient depuis des millions d'années ? Rien que d'y penser, Buffy frissonna de dégoût. Pourquoi la direction du musée ne coupait-elle pas le son quand il n'y avait plus de visiteur ?

— Ouah…, souffla Oz.

Buffy se tourna, puis suivit son regard. Une forme gigantesque semblait planer au-dessus d'eux. Malgré l'obscurité, le travail réalisé sur les ailes était remarquable. Devant la reproduction de ptérodactyle criante de vérité, la Tueuse réprima son envie de rentrer la tête dans les épaules.

— J'aurais pu me passer de ce genre de truc ! grommela-t-elle.

Dieu merci, Kevin et Daniel n'avaient pas pu mettre la main sur des œufs de ptérodactyles ! La Tueuse avait de nombreuses aptitudes. Mais le vol n'en faisait pas partie.

— Beaucoup de terrain à couvrir…, remarqua Oz. Et beaucoup de bruit.

Derrière eux, des ombres vertes et noires remplissaient la pièce. Entre l'atmosphère confinée et humide et la fausse brise qui agitait les plantes, l'endroit semblait… vivant.

Buffy surprit un mouvement, sur sa droite, entre deux faux dinosaures. Une fraction de seconde, elle crut voir une ombre, plus grande et plus épaisse que les autres, glisser au-dessus des dalles.

— La fête commence ?

— Je crois qu'il vient de disparaître derrière ce groupe… d'affreux… à tête d'oiseaux.

— Les oviraptors, l'informa Oz.

— Ovi-quelque chose. Allons-y !

Les deux amis coururent le long de la « barrière rocheuse » qui séparait les oviraptors des visiteurs. D'immenses feuilles pendaient autour d'eux, mais Buffy n'aurait su dire si c'était normal. Elle avait l'impression d'être dans une forêt au crépuscule. L'étrange sifflement faisait-il partie du fond sonore ?

— Là-bas, dit Oz. A deux heures. Tu le vois ? Il est entre le carnotaurus et les cynognathus...

— Tu peux répéter ?

— Entre cette grosse chose, à droite, avec beaucoup de dents et de stupides petites cornes et ces machins à poils hirsutes, à gauche, qui ressemblent à des tigres mutants.

Buffy plissa les yeux.

— Oh... oui.

La créature dont il parlait n'était pas très imposante, mais c'était indéniablement celle qu'il cherchait.

— Où est l'autre ? Il devrait y en avoir deux.

— Je l'ignore. Il est peut-être tout près... Buffy, comment allons-nous en venir à bout ?

La Tueuse serra le manche de son tomahawk, le soupesant, comme si son poids pouvait la réconforter.

Espoir déçu.

— Avec ça... je suppose. Il le faut ! Allez, c'est maintenant ou jamais !

Ne l'avait-elle pas déjà dit la dernière fois qu'ils avaient affronté un dinosaure ? Elle haïssait l'impression de « déjà vu ».

Sans quitter des yeux le « bébé » Tyrannosaurus Rex, Buffy avança. Elle sentait la présence d'Oz, juste derrière elle, mais ne l'entendait pas. Pas seulement à cause du bruitage... Grâce au loup-garou qui sommeillait en lui, Oz avait la capacité de se déplacer en silence. Sans doute ne le savait-il pas, mais chacun de ses gestes évoquait un peu l'animal légendaire qu'il devenait trois nuits par mois.

Malgré sa nature, la Tueuse ne pouvait pas se déplacer sans bruit... Ils n'avaient pas atteint le mur quand le tyrannosaure se tourna vers eux en grondant. A côté de ce cri, le fond sonore parut soudain ridicule.

Buffy se força à continuer, luttant contre l'impulsion de fuir. Elle avait affronté peu de monstres qui l'effrayaient à ce point.

Un autre grondement monta de derrière un rideau de lianes. La créature sortit à découvert et se planta devant les humains.

Si elle avait été en train de se noyer – elle le savait d'expérience –, Buffy aurait vu sa vie défiler sous ses yeux. Elle entendit son compagnon inspirer par saccade… Ils n'avaient plus le contrôle de la situation.

Le Tyrannosaurus Rex qui claquait des mâchoires à quelques mètres d'eux était plus grand que celui qu'ils avaient tué la veille. Et plus musclé. Buffy aurait préféré oublier qu'il devait sa santé florissante à l'ingestion de repas appelés « Daniel » ou « Kevin »… Mais dès que cette pensée lui traversa l'esprit, elle ne put la chasser.

La même flamme mauvaise brillait dans les yeux du monstre, plus sinistres encore que ceux de son « frère »… Ils avaient le rayonnement démoniaque de ceux du timinus enfermé à la bibliothèque. Une preuve qu'il était plus intelligent ? Buffy espérait que non. Mais puisque la chance ne leur souriait décidément pas depuis le début de cette affaire, mieux valait s'attendre au pire.

Comme s'il pouvait lire ses pensées, le Tyrannosaurus Rex hocha la tête, rappelant curieusement un oiseau en colère. Ses mouvements étaient fluides et puissants, sans trace de gaucherie.

— Eh bien, eh bien…, souffla Buffy. Comme vous avez de grandes dents, mère-grand…

— Chez lui, tout est grand, dit Oz. Je ne crois pas m'avancer en disant que celui du *Bronze* était l'avorton de la fratrie.

— C'est bon signe, non ? fit la jeune fille, feignant un optimisme qu'elle était loin de ressentir. Ça signifie que le troisième ne sera pas plus gros que celui-là.

— Si tu le dis.

Oz observa le tyrannosaure, fasciné malgré lui.

— Tu sais, l'arrête osseuse qu'il a au-dessus des yeux tient plus du démon que du dino…

Bébé Dino chargea.

Cette fois, les deux jeunes gens prirent leurs jambes à leur cou. Buffy déguerpit d'un côté, Oz de l'autre. Le Tyrannosaurus Rex hésita, se demandant probablement par quoi commencer – l'amuse-gueule ou l'entrée ? Malgré ses dons de chasseur, Oz était plus lent que Buffy. Bébé Dino jeta donc son dévolu sur lui. Il tendit le cou à l'instant où Oz plongeait par-dessus la fausse barrière des oviraptors. Après une roulade, il acheva sa course dans la végétation, à côté des reproductions.

Buffy voulut piler net et faire demi-tour pour voler au secours de son ami. Comme le tyrannosaure, elle apprit à ses dépens que freiner sur des dalles lisses était vivement déconseillé. La Tueuse et le dinosaure glissèrent et tombèrent.

Au moins, Buffy atterrit plus souplement…

La patte gauche du monstre se déroba et se coinça sous lui. À l'évidence, Mère Nature n'avait pas conçu ses créations pour courir sur du carrelage. Il perdit l'équilibre. Sa mâchoire inférieure heurta le « muret de pierre ». Après ça, si les gardes n'avaient pas senti le sol trembler, ils ne méritaient pas leur salaire… Sans être en pierre, le muret n'était pas en polystyrène non plus. Qu'il s'agisse de plâtre ou de plastique dur, le percuter devait faire mal, à en juger par le cri de douleur que poussa la créature.

Redressée sur les coudes, Buffy se releva avant le tyrannosaure qui écumait de rage, n'arrangeant en rien sa situation. Ses puissants membres postérieurs griffaient le dallage et ses antérieurs atrophiés s'agitaient futilement… Il ne quittait pas Oz de ses yeux qui brûlaient de haine sous l'arrête osseuse difforme.

Brandissant son tomahawk, Buffy bondit sur le dinosaure avant que la peur ne la prive de tous ses moyens. Elle voulait frapper au cou, vite et fort. Avait-il une artère à fleur de peau qu'elle pourrait sectionner avec son arme primitive ? Elle se souvint du tuyau trouvé dans la ruelle et regretta de ne pas avoir pris une lance. Elle se serait sentie un peu mieux avec une arme longue et pointue. Pour atteindre la créature avec sa hache minuscule, elle devrait approcher dangereusement de sa gueule…

Mais il n'y avait pas d'autre solution.

Elle arriva par la droite… et glissa dans la flaque de bave du dinosaure. Pas étonnant qu'il n'arrive pas à se relever. *Beurk !* Etait-ce la perspective de goûter encore à de la chair humaine qui le faisait saliver ainsi ?

Buffy entendait tenir son arme à deux mains et viser la chair vulnérable, juste sous la mâchoire du monstre. Mais c'était compter sans les sécrétions gluantes… Elle réussit à garder une main sur le manche du tomahawk, l'autre volant d'instinct sous elle pour amortir la chute. Son genou droit percuta l'épaule du tyrannosaure.

Au temps pour la discrétion…

Oubliant Oz, le dinosaure tourna le cou pour la mordre. Le coup porté par la Tueuse l'atteignit au museau. La lame fendit la peau et revint comme un boomerang, rebondissant sur l'os. Buffy faillit la prendre en pleine figure.

Le Tyrannosaurus Rex poussa un rugissement de rage… Rien qui ressemblât aux cris enregistrés…

Buffy grinça des dents.

Le dinosaure voulut de nouveau la mordre, manqua son coup… mais ramena une patte sous lui. Il allait se relever…

170

Pas bon…

Buffy préférait le voir patauger dans sa propre salive, tel un poisson hors de l'eau… Elle échappa de justesse à ses crocs et frappa de nouveau. Son mouvement ayant été maladroit, elle se félicita d'avoir pourtant réussi à lui fendre l'arcade sourcilière droite. Evidemment, lui crever l'œil aurait été nettement mieux. Mais une fille devait parfois se contenter de ce qu'elle avait…

Etait-ce de la peur qu'elle percevait dans ses cris ?

Le Tyrannosaurus Rex secoua le cou, comme s'il pouvait échapper à la douleur. Buffy perdit son tomahawk. Le sol était aussi glissant qu'une patinoire, mais elle parvint à se relever. Elle résista à l'envie de flanquer un coup de pied tournant à la tête de son adversaire. Outre que ça n'aurait pas beaucoup d'effet sur lui, elle risquerait d'y laisser une jambe.

Mais Bébé Dino allait se relever… Si la Tueuse ne filait pas très vite, elle affronterait un monstre de deux cents kilos qui la dépassait de deux bonnes têtes… Et aucun vampire de sa connaissance, aussi gros et vicieux fût-il, n'avait eu les dents aussi longues.

Il passa à l'attaque. Malgré sa taille et sa corpulence, ses mouvements avaient la fluidité de ceux d'un lézard. Au lieu de saisir son autre tomahawk, Buffy prit ses couteaux, un dans chaque main. L'haleine du monstre lui chatouilla les narines, empestant le sang et la chair fraîche… La jeune fille fit de son mieux pour oublier le commentaire de l'ambulancier – « *Enfin, ce qu'il en reste…* ».

Quand le dinosaure ouvrit grand la gueule, au lieu de lui planter le couteau dans la mâchoire, Buffy le lui enfonça dans le palais. Un instant – une éternité – la lame se heurta à une résistance. Puis elle s'enfonça sur vingt centimètres, avant de buter contre un obstacle. Buffy retira prestement la main.

Le tyrannosaure hurla. Buffy baissa les yeux sur son bras : dégoulinant de sang de la main au coude. Satisfaite, elle fit passer son second couteau dans sa main droite, prête à repartir à l'assaut d'une artère – il devait bien en avoir une !

Oz se joignit à l'attaque avec un hurlement digne de ceux du loup-garou qu'il devenait une fois par mois. Il abattit son tomahawk, qui mordit profondément la chair de la patte gauche du monstre, juste au-dessus du genou.

Cette fois le dinosaure poussa un cri semblable à un coup de tonnerre. Il s'effondra sur le flanc gauche, envoyant valser Oz d'un coup de patte involontaire.

Buffy resta sur ses gardes. La bataille n'était pas gagnée.

Et pour tout compliquer, elle entendait les gardes arriver. Etaient-ils armés ?

— On ne bouge plus ! ordonna une voix d'homme.

Ne pas bouger ? Alors que bébé dino se contorsionnait sur le sol pour essayer de la gober toute crue ? Il lui restait un couteau et un tomahawk… Ils auraient vite leur utilité.

— Buffy, attention !

D'un coup de queue, le monstre avait déstabilisé un dinosaure de l'exposition. S'il avait voulu effrayer l'agent au point qu'il ouvre le feu sur la Tueuse, c'était réussi. Sans l'avertissement de Oz, elle n'aurait pu se baisser à temps. Un coup de feu retentit. Buffy aurait pu jurer que la balle venait de frôler ses cheveux.

Elle n'atteignit pas le Tyrannosaurus Rex.

Buffy recula hors de portée des crocs du monstre et se tourna vers le garde.

— Abruti ! Au lieu de tirer sur moi, visez le dinosaure !

— Bien essayé. Les mains en l'air et écartez-vous des modèles d'exposition. (Il fit un signe de tête péremptoire à Oz.) Vous aussi, jeune homme.

« Jimmy, trouve les commandes des haut-parleurs et éteins-moi ça !

Couper le fond sonore ? Mais qui s'en *souciait* ? Buffy faillit le dire au garde, puis elle s'avisa que son collègue et lui ne pouvaient pas voir le Tyrannosaure Rex. Pour couronner le tout, le monstre avait cessé de gigoter. Il était couché sur le côté, les yeux brûlant de haine. Le démon qui le contrôlait était assez malin pour laisser la vedette aux deux jeunes gens. C'était très astucieux… et ça prouvait la présence d'une intelligence redoutable.

Soudain, le silence tomba. D'où elle était, Buffy voyait les flancs du tyrannosaure se soulever et s'abaisser régulièrement… en silence.

— Ça y est, Scott, annonça le second garde en rejoignant son collègue. Bon sang, ces gamins ont fichu une sacrée pagaille ! Ils auraient tué le gars, dans le labo, à ton avis ?

Cette idée semblait le séduire. La jeune fille l'imaginait déjà en train d'annoncer à son chef : « *Patron, regardez ! Nous avons attrapé les meurtriers !* »

— Peut-être bien, répondit le premier type. Fais le tour pour constater les dégâts et t'assurer qu'ils ne sont pas armés…

— Ne faites pas ça ! s'écria Buffy.

— Ce serait une terrible erreur, renchérit Oz. Il…

— *Bouclez-la !* aboya Scott alors que Jimmy exécutait son ordre. Je ne veux plus rien entendre ! La police est en route. Posez ces couteaux et les trucs que vous avez à la ceinture.

La Tueuse vit quelque chose bouger dans la végétation ; son cœur s'emballa.

— Attendez…

— Eh, Scott, tu devrais voir ça ! coupa Jimmy en approchant d'Oz, de Buffy et du dinosaure allongé.

Bon sang, ils ont mis de la peinture rouge, des saletés et…

Découvrant le petit dinosaure, il fronça les sourcils.

— J'ignorais qu'on avait un truc comme ça dans notre expo.

— N'approchez plus ! cria Oz.

La Tueuse vit son ami reculer d'un pas pour attirer l'attention du Tyrannosaurus Rex sur lui.

— Je vous ai dit de ne pas bouger ! cria Scott.

Prenant appui sur sa patte valide, le dinosaure se redressa avec un grondement sourd… et se rua sur Jimmy.

L'homme eut le temps de tirer une fois. Buffy et Oz se jetèrent à terre. Aucun d'eux n'aurait pu atteindre le garde à temps. La moitié de son crâne et de son visage disparurent dans la gueule du monstre, le sang, les os et la matière grise giclant entre ses crocs. Le corps s'affaissa.

Scott vida son chargeur.

Le coup de feu tiré par Jimmy avant de mourir avait touché le tyrannosaure – le contraire aurait été impossible. Mais son collègue aurait-il autant de chance ? *Bang, bang, bang*… Chaque balle faisait un bruit assourdissant. Buffy eut l'impression que ses tympans allaient exploser… Le garde n'était pas le seul à s'époumoner… Étaient-ce ses propres cris ou ceux d'Oz qu'elle entendait ?

Soudain, ça se calma un peu.

Il y eut encore quelques hurlements. Mais chose bizarre, le son qui se distinguait des autres… était un *clic, clic, clic* lugubre.

A plat ventre, Buffy se tordit le cou pour apercevoir le garde. Les jambes écartées, la bouche ouverte, il appuyait inlassablement sur la gâchette de son P.38, sans oser cligner des yeux de peur de perdre le tyrannosaure de vue.

— Oh-ho…, souffla la jeune fille.

Elle bondit sur ses pieds et se jeta sur Scott, l'entraînant dans sa chute – loin de la gueule du monstre blessé. Hélas, le sauvetage musclé le sortit de sa transe… Et l'imbécile se retourna contre elle ! Se débattant comme un beau diable, il voulut lui échapper pour s'attaquer au dinosaure à mains nues… Un possédé auquel on aurait fait une injection de Rambo-ite !

La Tueuse avait perdu son couteau et son tomahawk. Elle ne voyait plus Oz. Malin comme il était, elle aurait parié qu'il s'était réfugié dans la végétation, près des dinosaures aux allures de canards démesurés sans plume, avec une expression stupide et une crête au sommet du crâne.

Buffy retint le garde par sa ceinture… Mais c'était compter sans le sang qu'avait perdu le tyrannosaure. Elle en était couverte de la tête aux pieds. Tout ce qu'elle tentait de saisir était aussi glissant qu'une savonnette.

Scott lui fit lâcher prise. Elle le rattrapa… par une cheville.

— *Non !* hurla-t-elle alors qu'il cherchait à se débarrasser d'elle à coups de pied. Non, ne…

Trop tard.

Scott était grand et costaud. Il soulevait sans doute des haltères pendant ses loisirs – à moins qu'il ne prenne des stéroïdes –, car il semblait persuadé de pouvoir régler son compte à un Tyrannosaurus Rex à mains nues.

Buffy ne se releva pas assez vite pour l'arracher à la gueule du monstre.

Les poings serrés, un sourire dément aux lèvres, le garde s'était campé devant le dinosaure. Pour toute réponse, le Rex lui arracha une partie du torse.

Buffy aurait donné cher pour fermer les yeux et ne plus voir cette boucherie.

Si elle survivait, se souviendrait-elle toujours des intestins de l'homme qui se répandaient sur le sol pendant que son corps chancelait et semblait ne jamais vouloir tomber ?

Le temps – si elle vivait assez pour ça – le lui apprendrait. Pour l'instant, les pronostics étaient mauvais. Deux humains désarmés face à un monstre possédé par un démon ?

Jusqu'ici, le score était : dinosaure, deux ; humains, zéro.

Mais Bébé Dino souffrait et s'affaiblissait. Le sang qui maculait sa peau verte et dorée ne provenait pas uniquement des deux gardes. Il avait été blessé à l'arme blanche et par balle.

Chaque fois qu'il rugissait, un flot de sang jaillissait de sa gueule. L'hémorragie était-elle interne ou le sang coulait-il de la coupure ? Peu importait… Toujours debout, le tyrannosaure allait revenir à la charge.

Mais sa beauté sauvage avait disparu. Le monstre restait indéniablement féroce… et pourtant pathétique. On eût dit un animal aux abois. Mortellement blessé, il avait hâte qu'on mette un terme à ses souffrances.

Buffy ne le décevrait pas.

Dans l'angle, derrière le tyrannosaure, se dressaient les dinosaures aux « cornes stupides », pour reprendre l'expression d'Oz : des carnataurus. Question masse et corpulence, ils n'avaient rien à envier au Tyrannosaurus Rex. Niveau air démoniaque non plus. Mais un détail avait retenu l'attention de la Tueuse : ils étaient reconstitués à partir du cou seulement. Dessous, leurs squelettes étaient à nu… Quel magnifique arsenal de côtes pointues à portée de main ! Il n'y avait qu'à se servir…

Braillant comme une possédée, Buffy feignit de s'élancer vers la droite.

— Oz ! Attire son attention !

176

Toujours coopératif, son ami jaillit des buissons comme un diable de sa boîte.

— Eh, le vilain pas beau ! Par ici !

Le dinosaure tourna ses petits yeux vicieux vers le jeune homme. Qui se hâta de reculer, soucieux de ne pas se laisser prendre au piège. La jeune fille contourna le Tyrannosaurus Rex et courut vers le premier carnataurus. S'il faisait quatre fois la taille de la bestiole qui leur donnait tant de fil à retordre, au moins, il était *mort*.

Regrettant de devoir la détruire – et espérant que la créature ne l'écraserait pas en tombant – Buffy tendit un bras et referma les doigts sur une côte du carnataurus. Elle fut agréablement surprise par le poids de l'os...

Et beaucoup moins contente en constatant qu'il était scellé.

La Tueuse entendit le petit tyrannosaure rugir d'agacement. Il n'arrivait pas à rattraper Oz, qui l'entraînait entre les pattes du squelette d'un hypocrasaurus.

Buffy tira de nouveau sur l'os géant. Cette fois, ses efforts furent récompensés : les broches en métal qui tenaient le squelette craquèrent. Elle allait en venir à bout. Manquait simplement un bon coup de pied juste...

... là !

La jeune fille brandit la côte tant convoitée pendant que le squelette s'écroulait. Elle réussit à le guider de manière à ne pas le prendre sur la tête – c'était déjà ça. Des bouts d'os s'éparpillèrent en tous sens, en une étrange parodie d'orage.

Malgré sa patte estropiée, le Tyrannosaurus Rex avait réussi à acculer Oz contre le mur. Si Buffy n'intervenait pas très vite, son ami serait obligé, s'il ne voulait pas être dévoré, de foncer vers la porte de derrière... le tyrannosaure sur les talons.

Mais le vacarme de la chute du carnataurus suffit à ramener l'attention du « mini » dinosaure sur Buffy.

Il avança vers elle.

— Tu n'arrives pas à te décider, hein ?

La Tueuse tira un grand coup sec sur la côte, toujours coincée dans la colonne vertébrale.

Enfin, l'os céda.

Pas une seconde trop tôt... Elle eut à peine le temps de prendre de l'élan avant l'arrivée du Tyrannosaurus Rex. Mais son swing à deux mains fut parfait. L'extrémité de l'arme improvisée se hérissait d'échardes qui tailladèrent la poitrine du monstre, y laissant une plaie béante...

... Et mortelle. Mais le dinosaure n'était pas décidé à s'avouer vaincu. Avait-il conscience de vivre ses derniers instants ? Souffrait-il beaucoup ? Un peu des deux, sans doute...

Son sang coulait à flots. Un spectacle... terrible. On eût dit qu'il se noyait dans un lac écœurant. Il voulut mordre Buffy, qui recula et glissa. La manœuvre précipitée n'eut pas que des inconvénients : la tête de la Tueuse échappa aux crocs du dinosaure.

Dès qu'elle réussit à se relever, elle fit décrire un demi-arc de cercle à son arme et trancha la gorge du tyrannosaure.

Pas de rugissement de douleur, cette fois.

Ni aucun autre son.

Une fois sa trachée-artère sectionnée, le monstre tituba d'interminables secondes, comme s'il ne pouvait croire à sa propre fin. Un autre flot de sang – la jeune fille n'avait jamais vu une créature saigner à ce point – jaillit.

Buffy fut éclaboussée. C'était chaud, dégoûtant... et, à n'en pas douter, l'arrêt de mort de son joli pull jaune.

A propos de jaune... La flamme qui brillait dans les yeux du dinosaure mourut.

178

Le Tyrannosaurus Rex s'écroula.

Oz rejoignit la Tueuse.

— Du gâteau ! fit Buffy, qui n'en pensait pas un mot.

Couvert de poussière, de plaies et de bosses, une pommette ouverte, Oz leva un sourcil.

— Content que tu le dises ! Mais... où est le deuxième ?

CHAPITRE XIII

Willow crut que son cœur allait cesser de battre quand Alex et elle retrouvèrent Oz et Buffy, devant les stégosaures.

Les quatre amis sursautèrent en silence. Ils étaient trop choqués pour parler. Willow et Alex regardèrent fixement leurs amis. Pourquoi Buffy était-elle couverte de sang de la tête aux pieds ? Pourquoi Oz avait-il l'air d'avoir percuté un mur… ? Pourquoi leurs yeux brillaient-ils de terreur ?

Alex recouvrit vite l'usage de la parole.

— Vous allez bien ? demanda-t-il d'une voix affolée. Que s'est-il passé ? Où sont les grosses badernes effrayantes dont la race est supposée éteinte depuis des lustres, celles avec des grandes dents ?

Il dévisagea Buffy ; Willow sut qu'il se posait la même question qu'elle… A qui appartenait ce sang ?

— Buffy ?

Willow aussi était inquiète pour sa meilleure amie.

— Navrée… dinosaures. Oui…

Buffy jeta un regard las à Oz. Sa mine défaite confirma les pires craintes de Willow.

— Un de mort, il en reste donc un. Mais je doute qu'il soit encore dans le musée.

— Comment pouvez-vous en être sûrs ? demanda Willow.

— Nous ne le sommes pas, admit Buffy. Mais avec

tout le boucan qu'il y a eu, si le deuxième Tyranno-saurus Rex était dans les parages, il serait venu aider son copain à faire du tartare d'humains.

Elle eut une grimace de dégoût.

— Il y avait deux gardes…

— Oh…, souffla Willow.

— Comment êtes-vous entrés ? demanda Oz.

— Par le local des poubelles, répondit Alex. Il était ouvert.

— *Ouvert ?*

— Oui, n'importe qui pouvait entrer… ou sortir, dit Willow.

— Je suis sûr d'avoir refermé, affirma Oz.

Buffy allait ajouter quelque chose quand Willow la vit tendre l'oreille.

— Des sirènes ! Un garde a dit qu'ils avaient appelé la police. Filons… *Pronto !*

Ses trois amis lui emboîtèrent le pas. Willow trébu-cha sur une plante artificielle.

— Attendez ! C'est quoi ?

Oz revint sur ses pas, s'accroupit et écarta les feuilles.

— Fournitures scolaires… Quelqu'un a vidé son sac à dos… C'est l'écriture de Kevin !

Buffy se pencha sur le cahier.

— Nous n'avons pas trouvé à qui appartient le stylo taché de sang…

— On dirait le titre d'un polar, fit Alex. *A qui appartient le stylo taché de sang ?* Un roman plein de mystère et de susp…

— Alex, tais-toi ! coupa Willow. Un stylo taché de sang ?

Oz hocha la tête, puis recommença à fouiller dans les affaires. Une calculatrice grise et un flacon de cor-recteur étaient constellés de taches brun rouge.

— Je crois que le mystère est levé…

— Kevin est blessé, dit Willow.

— Mais pas gravement, souligna Buffy. Nous avons vu ce que ces monstres faisaient aux humains…

— Un truc m'échappe. Pourquoi n'a-t-il pas jeté son sac ? demanda Alex.

Personne ne répondit. Soudain Willow écarquilla les yeux, horrifiée.

— Il en avait besoin pour transporter quelque chose !

— Quoi ?

Willow désigna les pieds du stégosaure : il manquait un morceau du nid.

— Des œufs !

Kevin avait l'impression de se déplacer dans le brouillard.

Que s'était-il passé ? Avec du temps, il aurait réussi à rassembler les pièces du puzzle pour écrire les chroniques de son existence fichue – à commencer par sa rencontre avec Daniel Addison. Il avait tant à consigner par écrit… Mais il avait perdu son cahier… S'il en trouvait un autre, il pourrait reprendre depuis le début. Ce serait parfait. Le monde entier devait apprendre ce qui lui était arrivé. Il lui fallait un crayon, du papier et…

… Du silence.

Tout le problème était là… Chaque fois qu'il avait dû résoudre une équation, faire des calculs complexes ou produire des hypothèses dans le cadre de ses études, Kevin s'était imaginé une sorte de… *vide*, dans son cerveau. Un véritable compartiment laissé libre pour penser et débattre avec soi-même.

Maintenant, une entité étrangère avait investi cet espace intime.

Va au lycée, Kevin.

Une ombre vivait dans son corps. Elle avait envahi

ses tissus, son sang et jusqu'à ses os, à un niveau sub-ADN. Ça s'était passé si vite… Pourtant, le temps n'avait pas accéléré sa course. Mais Kevin avait perdu toute notion de la réalité. Il n'avait plus sa place dans l'univers.

Tout avait commencé mercredi, quand Daniel avait proposé de réciter l'incantation de Nuriel. Mais la situation avait salement dérapé quand ils avaient ranimé les trois tyrannosaures.

En moins de temps qu'il ne fallait pour le dire, il avait pris une décision de nature à changer le cours de son existence. Un aveu stupide, lâché sans réfléchir…

— *J'ai d'autres œufs.*

Ça avait tout changé.

Quand les choses avaient-elles *vraiment* mal tourné? Daniel s'était frotté au surnaturel… Mais à quel moment avait-il atteint le point de non-retour?

A l'instant où Kevin avait parlé de ses trois œufs de Tyrannosaurus Rex.

Depuis, un désastre!

Oui, un véritable désastre… Daniel et lui avaient créé trois magnifiques bébés tyrannosaures, les gardant en cage. Une prison dérisoire rapidement devenue trop petite… Les petits avaient grandi grâce à Daniel, qui les nourrissait de souris.

En y repensant, Kevin se souvint du regard songeur de son mentor… Celui qu'il avait lui-même maintenant que la créature était entrée dans sa tête… Daniel avait dû entendre la voix dès qu'il avait dit l'incantation, redonnant vie au premier dinosaure qui foulait la Terre depuis des millénaires.

Daniel… Kevin aurait voulu se rappeler précisément ce qui s'était passé, mais ses efforts restaient vains. La mort de son mentor était entourée de trop de blancs. On eût dit que l'envahisseur mental avait jeté un voile sur ces événements tragiques. Des lambeaux subsistaient dans la mémoire du lycéen. Avait-il vu Daniel ouvrir *intentionnellement* la cage ? Après, la scène s'était perdue dans des éclaboussures rouges et l'impression horrible qu'une créature grossissait sans cesse sous ses yeux.

Ensuite… plus rien.

Soudain, il se retrouva devant la porte du local technique du lycée de Sunnydale. Etait-ce à cela que sa vie se résumait, désormais ? A des portes ? A des bains de sang ?

Non… la force qui le guidait lui avait promis monts et merveilles…

En suivant mes instructions, tu as tout à y gagner. La gloire, la liberté de quitter cette ville insignifiante et pathétique, une carrière spectaculaire… Tout ce que tu désires tant.

Il avait obéi, la tête dans le brouillard.

Comme maintenant.

Il avait profité des ombres pour traverser la ville en compagnie d'un tyrannosaure de deux cents kilos.

Quand il avait brisé sa coquille, Kevin avait trouvé l'animal mignon…

Il ne se posait plus de questions sur les promesses que lui susurrait la voix désincarnée. Mais il lui restait assez de lucidité pour se demander ce qu'il était censé faire à la bibliothèque du lycée. Pourquoi voulait-on qu'il y emmène le bébé dinosaure ?

Ça ne te regarde pas. Obéis.

Il n'avait plus le choix, malgré ses doutes. La voix avait-elle promis les mêmes choses à Daniel ? Sans doute, mais désobéir était hors de question. L'entité qui possédait Kevin était trop puissante pour qu'il puisse lui résister. Il avait essayé… Un rugissement avait failli lui fendre le crâne. Mieux valait se soumettre.

Et aller à la bibliothèque du lycée.

La porte du local technique n'était pas fermée à clé.

Il l'ouvrit en grand, pour que son *compagnon* puisse le suivre. L'intérieur était sombre et sale, très loin du décor californien classique. A Chicago, les écoles étaient fermées à double tour dès la fin des cours, pour empêcher les dealers et les marginaux d'y prendre leurs quartiers.

Apparemment, Sunnydale n'avait pas les mêmes problèmes.

Il sembla à Kevin qu'il ne lui avait pas fallu plus de quelques secondes pour rejoindre les couloirs de l'établissement. Dieu merci, il n'y avait personne ! S'il croisait quelqu'un… Il préférait ne pas penser à ce que ferait le dinosaure.

Ils furent bientôt dans le hall d'entrée. Kevin avait encore du mal à se diriger dans le lycée. Le meilleur moyen serait de commencer par…

La bibliothèque ! cria la voix.

— Oui.

Kevin avait fait deux pas quand un homme se campa devant lui. Il le reconnut aussitôt grâce à ses lunettes et à sa veste en tweed.

M. Giles, le bibliothécaire.

Leurs yeux se croisèrent. Puis l'homme écarquilla les yeux et plusieurs émotions passèrent dans son regard : la peur, l'horreur, le regret.

Bizarrement, il ne sembla pas surpris.

— Kevin Sanderson, je présume.

Il ne s'approcha pas.

Kevin hocha la tête, incapable de trouver quelque chose à dire.

Oui, c'est moi, regardez ce que j'ai fait !

Comment M. Giles savait-il qui il était ?

— Kevin, écarte-toi du dinosaure, dit le bibliothécaire. Il est dangereux.

Dangereux ? Sans blague ? Il suffisait de voir ce qu'un de ses semblables avait fait à Daniel !

Car c'est bien l'autre, n'est-ce pas, qui a tué Daniel ?
Pas celui-là... A moins qu'ils n'aient agi ensemble.

Kevin n'était plus sûr de rien. Il se rappelait vaguement qu'un des tyrannosaures l'avait accompagné, l'autre restant au musée pour régler un mystérieux problème. Mais tout ça se superposait au souvenir d'un autre local technique et à des images sanglantes. Associées à... une vive douleur. Oui, il avait été blessé. Ça n'était pas très grave. Quand Daniel avait ouvert la cage, les bébés s'étaient précipités dehors, la grille violemment rabattue lui entaillant l'avant-bras gauche. A moins qu'il n'ait reçu un coup de corne du tyrannosaure – alors que cette espèce, soit dit en passant, n'en possédait pas !

S'en était-il servi pour pousser l'humain dans la bonne direction ? Peut-être. En vidant son sac à dos, Kevin avait trempé ses affaires de sang...

— Oh..., souffla-t-il, les idées soudain très claires. Regardez. J'ai des œufs de dinosaures... de stégosaures, pour être précis. Il faut les faire éclore.

Le bibliothécaire secoua la tête.

— Non, Kevin.

Il prenait soin de bien articuler, comme si son interlocuteur avait du mal à comprendre.

— C'est la *dernière* chose à faire.

— Mais pourquoi...

Le Tyrannosaurus Rex qui l'accompagnait gronda. Kevin laissa tomber son sac et se plaqua les mains sur les oreilles. Il s'avisa que la voix dans sa tête... s'était tue. Sans explication. Une seconde, il ressentit un profond sentiment d'abandon et de solitude. L'entité censée lui donner tout ce qu'il voulait l'avait abandonné...

... Puis le jeune tyrannosaure lui arracha la tête et le haut du torse.

— Buffy, il faut retourner tout de suite à la bibliothèque ! cria Willow alors qu'ils sortaient du musée. J'ai fait d'importantes découvertes. Puisque Oz et toi n'avez localisé qu'un seul des deux tyrannosaures restants, le dernier doit se diriger vers le lycée. Où est le van ?

La nuit tombant, l'allée était très sombre. La jeune fille vit néanmoins son petit ami désigner le van… pris en sandwich entre deux voitures de police.

— Oh-ho… On dirait que nous n'allons pas profiter du Transport Public d'Oz, commenta Alex.

— Il faudra y aller à pied, dit Buffy. Filons avant que la police ne découvre les cadavres des gardes et du tyrannosaure !

Comme de coutume, tous emboîtèrent le pas à la Tueuse. Willow sentit la confusion de Oz, près d'elle, avant qu'il ne lui touche le bras.

— Tu as dit que le tyrannosaure se dirigeait vers la bibliothèque. Qu'est-ce qui te le fait croire ?

— Il veut libérer le timinus, répondit Buffy.

Willow dut l'admettre : dès qu'il s'agissait de démon, la Tueuse avait un instinct très sûr.

— Rappelle-toi, tu pensais que celui de la ruelle avait un but précis, ajouta Buffy.

— C'est ce que j'ai cru sentir.

— Et tu avais raison. Il…

— , veut créer une sorte de fusion mentale, termina Alex. Comme les Vulcains dans *Star Trek*.

Ils tournèrent au coin de la rue, laissant derrière eux le musée et son bataillon de représentants de la loi.

— Je doute que ce soit très vulcain, dit Willow. D'après les informations recueillies, il s'agit d'un dragon-démon prisonnier du monde souterrain. Très laid, il doit dénicher quatre hôtes à son goût pour abriter ses esprits.

— Une histoire de possession, fit Buffy. Et ensuite ? Il essaie d'en libérer d'autres comme lui pour semer le chaos ? Typique…

— Pas tout à fait, répondit Alex. Au début, il y a

quatre hôtes – quatre dinosaures. Puis ils se réunissent pour exécuter leur danse spirituelle. Tu vois, la puissance du démon serait trop grande pour un seul corps, alors il peut s'incarner par petits bouts seulement. Ensuite, il réunit le tout.

— Voilà le problème, admit Willow, qui haletait un peu. Il devient plus gros, plus... affamé.

Des quatre, elle avait les jambes les plus courtes.

Ses amis marchant à un bon rythme, elle devait lutter pour se maintenir à leur hauteur. Plus que deux pâtés de maisons...

— S'il réussit à se rassembler, il passera en mode « j'avale tout sur mon passage ».

— Alors, même si nous en avons tué deux sur quatre, il recommencera ? demanda Oz.

Buffy s'arrêta net.

— Une minute ! Si nous abattons le dernier tyrannosaure, l'esprit qui l'habitait continuera à sauter de la prison du démon à un œuf fossile, et ainsi de suite, pour l'éternité ?

Willow aurait voulu continuer de voler au secours de Giles, mais elle n'en apprécia pas moins ces instants de répit.

— Non. L'esprit... désincarné envahit le premier hôte et... C'est une supposition, mais je pense qu'il essaie de s'incarner de nouveau.

« Notre unique espoir, c'est de tuer les trois hôtes secondaires, puis d'éliminer le premier.

— Je comprends, dit Oz. Le premier en dernier, parce qu'il contient les quatre esprits.

— Exactement.

— Si on le tue, c'est la fin du démon.

La Tueuse se remit en route.

— Nous sommes sur la Bouche de l'Enfer, Buffy. Ici, les créatures démoniaques ne sont jamais vraiment mortes. Au mieux, il se rendormira pour une soixantaine d'années.

— Nous gagnerons la bataille, mais pas la guerre, conclut Oz.

— Super…, marmonna la Tueuse. Je recommencerai à combattre cette chose à près de quatre-vingts ans !

— Si tu vis jusque-là ! lança Alex.

— Alex ! explosa Willow, choquée par son manque de tact.

— Quoi ?

Il fronça les sourcils, puis mesura sa bévue.

— Oh… Je n'ai jamais voulu dire…

— Ne te bile pas, coupa Buffy. A présent, j'ai une bonne raison de rester en vie.

— Eh bien, personnellement, je…

— Nous parlerons anniversaire plus tard, coupa Willow. Pour le moment, courons retrouver Giles. Il est seul à la bibliothèque.

Soudain, elle ouvrit de grands yeux affolés.

— Oh, non ! Le premier hôte contient trois esprits, maintenant ! J'espère que la cage tient le coup…

Ils accélérèrent l'allure. Le lycée apparut enfin, de l'autre côté de la rue. Sa silhouette sombre se découpait sous les feux du crépuscule. Seules les fenêtres de la bibliothèque étaient éclairées.

— Il reste une chose que je ne comprends pas, dit Buffy. Comment fait-il, pour se réincarner ?

— Un rituel, répondit Alex. Si vous avez raison au sujet de Kevin, c'est lui qui dira l'incantation.

— En effet, dit Willow alors qu'ils gravissaient les marches quatre à quatre.

Oz poussa la porte… et se pétrifia.

La Tueuse s'arrêta et découvrit… Kevin Sanderson, baignant dans une mare de sang. Une grande partie de son corps était en mauvais état – sinon manquant – mais sa queue-de-cheval blonde et sa boucle d'oreille permettaient une identification post-mortem. Ses yeux marron grands ouverts exprimaient une infinie surprise… Comment une créature qu'il avait tant admirée avait-elle pu le tuer ?

— Ou le démon se servira d'un autre, conclut Alex.

Au bout du couloir, un cri étouffé monta de la bibliothèque, suivi par un rugissement furieux.

Puis le silence retomba.

CHAPITRE XIV

— Giles ! cria Buffy.

Ses amis et elle s'élancèrent. Au même instant, le troisième tyrannosaure franchit l'angle du couloir de la bibliothèque.

Un dinosaure pouvait-il avoir l'air surpris ? Celui-là, oui… Une fois séparés, les esprits semblaient indépendants les uns des autres. Celui qui contrôlait ce bébé avait confié à son frère ou à sa sœur le soin de se débarrasser d'Oz et de la Tueuse.

— Je crois que ça n'est pas ton jour de chance ! murmura Buffy.

Dans la bibliothèque, Giles poussa un autre hurlement, auquel répondit le timinus. Buffy avait été si accaparée par les monstres à grandes dents qu'elle avait failli l'oublier ! Pourtant, le premier hôte, c'était lui ! Il devait avoir grossi, mais à quel point ? Et *que faisait-il à Giles ?*

Ça n'était peut-être pas son jour de chance non plus…

Car une machine à tuer munie de dents énormes et d'un corps tout en muscles se dressait entre sa petite personne désarmée – fallait-il vraiment qu'elle en fasse une habitude ? – et la bibliothèque. Pour couronner le tout, Oz ne s'était pas trompé au sujet des cornes… Plus le temps passait, plus bébé démon ressemblait à son papa.

Comme si un Tyrannosaurus Rex n'était pas assez difficile à abattre…

— Buffy ! cria Willow. Giles est là bas, *tout seul* !

La Tueuse ne voulait pas se séparer de ses amis. Mais abandonner son Observateur ? Il n'en était pas question non plus !

— Je vais le distraire, faire en sorte qu'il me prenne en chasse. Vous, feignez de me suivre, puis prenez une autre direction et courez aider Giles !

— Je reste avec toi, dit Oz sans quitter des yeux le tyrannosaure.

Il semblait étudier les humains qui prétendaient se dresser en travers de son chemin… Mais ça n'aurait qu'un temps.

— Quand vous serez dans la bibliothèque, souvenez-vous : il ne faut pas tuer le timinus avant que celui-là soit mort. Une seule erreur… et nous aurons de graves ennuis.

— Attendez un peu ! gémit Alex. J'ai bien vu votre air quand notre copain, là-bas, s'est pointé. Je sais que c'est le plus gros que vous ayez dû affronter. Qu'allez-vous faire pour… ?

— … Ce qu'il faudra, coupa la Tueuse. L'enfermer quelque part – dans le gymnase ou l'amphi.

— Restez hors de portée de ses dents, d'accord ? lança Willow.

— Compte sur nous ! répondit Oz.

— Quand nous en aurons fini avec lui, nous vous rejoindrons, dit Buffy.

Willow et Alex échangèrent un regard.

— Ecoutez…, commença le jeune homme.

— Ne vous inquiétez pas pour nous, coupa Oz. Nous nous en sortirons.

Entendant la puissance de sa voix, tous tournèrent la tête vers lui. Etait-il en train de se métamorphoser hors de la période normale ?

Non...

— Très bien, fit Buffy. *Allons-y !*

Ils s'élancèrent avec un bel ensemble, Buffy et Oz restant sur la droite pour bifurquer à la dernière seconde. On eût dit une meute sauvage. Aucun être intelligent n'aurait chargé une créature aussi énorme en criant et en agitant les bras de la sorte... Mais la tactique suicidaire porta ses fruits. L'instinct de prédateur prenant le dessus, le Tyrannosaurus Rex chargea, laissant de profonds sillons dans le linoléum.

Cette fois, la chance était avec la Tueuse.

Buffy et Oz n'auraient jamais pu atteindre le couloir, mais ils s'engouffrèrent dans une salle de classe. Les mâchoires du monstre claquèrent dans leurs dos. S'il n'avait pas tendu le cou au point de manquer perdre l'équilibre, ils ne s'en seraient pas sortis à si bon compte. Profitant de la diversion, Alex et Willow se baissèrent, essayant de se faire tout petits.

Ça a marché !

Le cœur de la Tueuse déborda de joie... puis de terreur. A quel danger seraient-ils bientôt confrontés ?

Willow et Alex se relevèrent et coururent vers la bibliothèque.

Quelque chose avait pris possession de lui, Giles aurait voulu expulser l'intrus.

C'est ce qu'on ressent quand on est un vampire ? C'est ça que vit Angel ?

Non, les vampires *normaux* prenaient un malin plaisir à faire le mal et à le répandre. Possédant une âme, Angel luttait contre les côtés démoniaques de sa nature. Au moins, il avait repris un certain ascendant sur lui-même, contrôlant en grande partie ses actes...

Giles avait combattu l'envahisseur et il était plus fort que le pauvre gamin que le démon avait utilisé avant d'en disposer si brutalement. Plus résistant, plus vieux, plus sage… Mais il n'en restait pas moins humain. Et sa résistance faiblissait face aux hurlements qui lui taraudaient le crâne. Ils auraient dû s'en douter… Le démon Ladonithia devait communiquer avec un humain pour pouvoir accomplir ses desseins. L'Observateur savait ce qu'il voulait. Oh, oui… Dix minutes plus tôt, il avait ramassé les œufs de stégosaures, se faisant l'effet d'un spectateur prisonnier de son propre corps… Malgré lui, il exécutait les ordres du démon.

Le monstre avait essayé de le tenter. Mais Giles manquait radicalement de cupidité… En outre, il n'avait plus l'égocentrisme d'un tout jeune homme. Le démon n'avait rien pour l'appâter. Jusque-là, l'Observateur avait réussi à lui résister, mais le temps jouait contre lui. Sous son crâne, la clameur devenait insupportable. Une cacophonie de sons à laquelle un humain n'aurait jamais dû être soumis. Une « musique » dépourvue de beauté jouée par un orchestre démoniaque.

Contre sa volonté, au mépris de sa propre nature, Giles avait regardé ses mains ramasser les œufs de stégosaure et les aligner sur le comptoir.

Il y en avait trois – encore ce nombre magique. Peut-être le démon s'assurait-il ainsi que tous ses esprits auraient un hôte, si le troisième tyrannosaure venait à mourir sous les assauts de Buffy et de ses amis…

Si ces derniers n'avaient pas déjà péri.

Le démon attendait autre chose de lui. Un geste terrible que Giles se refusait à envisager. Il était question de revitaliser les œufs… Comment, il l'ignorait, puisqu'il refusait d'écouter ce que lui soufflait la voix.

Mais l'épuisement le gagnait.

Les dents serrées, le bibliothécaire se releva. Dans sa tête, des bribes de phrases dansaient.

… tout ce que tu souhaites…

… obéis-moi…

… incantation…

... libère-moi...

Il se boucha les oreilles... et se souvint que Kevin avait eu le même geste juste avant de mourir la tête arrachée.

— *Non !* hurla-t-il. Je n'en ferai rien !

L'orchestre démoniaque se déchaîna. Une douleur fulgurante lui traversa la tête, la poitrine, les mains... Ses tympans allaient être crevés.

Giles tomba à genoux, la respiration coupée. Horrifié, il se sentit céder... Il ouvrit la bouche pour dire l'incantation...

— Giles ?

Le bibliothécaire sentit le démon battre en retraite, surpris. Un simple répit... Mais quelques précieuses secondes, il était redevenu maître de lui-même.

— Angel, haleta-t-il. Dieu merci !

Le vampire aida Giles à se relever.

— Je venais voir si Buffy était dans le coin... On dirait que j'arrive à point nommé.

D'un regard perçant, il analysa la scène : Giles, tremblant comme une feuille, les œufs fossilisés, le timinus qui se jetait contre les barreaux de sa cage, toujours plus gros et plus hargneux...

— Je doute que ça puisse le retenir très longtemps ! Filons !

Obéis-moi !

Giles saisit une touffe de ses cheveux et tira, espérant que la douleur lui vaudrait un nouveau répit.

— Angel ! cria-t-il. Cette créature, ce *démon*... est dans ma tête. Il veut... me plier à... sa volonté !

OBEIS-MOI !

Giles n'eut pas le choix. On eut dit que ses nerfs, en surcharge, avaient coupé les liens entre son cerveau et sa bouche, la mettant au service du démon. Se haïssant, il tourna le dos à Angel et commença à réciter les mots terribles.

— Entendez cet appel, esprits de Ladonithia ! dit-il d'une voix rauque. Réveillez-vous et revenez des abysses pour...

Le vampire lui posa une main sur l'épaule, le forçant à se retourner. De l'autre main, il le frappa à la mâchoire.

Giles s'évanouit avec soulagement.

— Angel ?

Le vampire se retourna, se sentant coupable même s'il n'avait rien fait de mal – bien au contraire. Il y avait quelque chose dans la voix de Willow ! Surtout quand elle prenait ce ton « je n'en crois pas mes yeux » qui multipliait par dix le sentiment de culpabilité de son âme humaine...

Qu'Alex et Willow soient arrivés à l'instant où il assommait Giles participait d'une certaine logique.

Mais les regrets attendraient. Angel s'agenouilla près du bibliothécaire.

— Quelque chose cloche chez Giles, expliqua-t-il.

— Laisse-moi deviner..., ironisa Alex. Il est inconscient ?

Angel lui décocha un regard noir.

— Je l'ai frappé parce qu'il délirait. Il récitait une incantation au sujet de ces œufs. J'ai cru bon d'intervenir.

Willow soupira de soulagement.

— Oz avait raison... Le démon peut manipuler n'importe qui.

Elle se passa une main sur le front.

Alex affichait une expression indéchiffrable.

— Par bonheur, tu es arrivé à point nommé pour l'arrêter, Angel, continua Willow.

Le vampire se pencha sur l'Observateur. Il « dormait » profondément.

196

— Que se passe-t-il, ici ? Quelle est cette créature, dans la cage ? Elle est différente de celle de la ruelle…

— C'est un timinus, répondit Alex, l'air supérieur.

— Un quoi ? couina Angel.

Malgré ses deux siècles, sa voix sonnait parfois comme celle d'un gamin stupide. C'était si humiliant…

— Un timi… une autre race de dinosaure.

Angel grimaça. Son regard passa de la créature aux deux jeunes gens.

— Un autre… Que devons-nous en faire ?

Alex jeta un regard pas très rassuré au dinosaure.

— Puisque le fusil tranquillisant est enfermé avec lui, je vote pour la bonne vieille méthode mise au point par nos ancêtres : un coup sur la tête ! Mais pour le moment, nous ne faisons rien. Attendons que Buffy et Oz aient tué le Tyrannosaurus Rex.

— Encore un ?

Willow hocha la tête.

— C'est un démon. Il nous a fallu du temps pour l'identifier, mais nous avons découvert qu'il avait besoin de quatre hôtes, un pour chacun de ses esprits. Chaque fois qu'un hôte meurt, l'esprit qui le possède rejoint celui qui habite le timinus. Il faut que les quatre soient…

À leurs pieds, Giles gémit.

— Bien, fit Angel, soulagé. J'ai détesté le frapper.

— Je n'arrive pas à croire que je doive te demander ça, mais il faut que tu recommences, dit Willow.

— Quoi ?

Giles gémit encore. Ses paupières frémirent.

— Il ne faut pas qu'il revienne à lui, Angel ! Le démon envahirait de nouveau son esprit. Pas question de le laisser faire !

— Je n'ai rien à craindre, je le sais, mais pourquoi ne vous affecte-t-il pas ?

Willow eut un regard mauvais pour le dinosaure.

— Oh, il a *essayé*. Il a... touché mon esprit, quand je suis entrée.

— Alors, c'était ça ? demanda Alex. Je l'ai senti aussi... Brrr ! J'ai cru que mon cerveau *gelait*.

— Pourquoi n'est-il pas arrivé à vous posséder ? demanda Angel.

— Je nous ai préparé des charmes de protection, ce matin, expliqua Willow en tirant sur la cordelette passée autour de son cou. Un cheveu, des herbes, un œillet, le tout « saupoudré » d'un zeste de magie.

Elle baissa des yeux plein de détresse sur le bibliothécaire évanoui.

— J'aurais dû lui en faire un aussi...

Giles recommença à gémir.

— Ladonithia...

Les yeux de l'Observateur avaient roulé dans leurs orbites, laissant paraître seulement le blanc. Angel en eut la chair de poule.

— Les œufs... dois les faire éclore...

Giles tenta de s'asseoir. Le vampire voulut le retenir... et faillit se retrouver les quatre fers en l'air.

— Angel ! cria Willow. *Fais* quelque chose !

— Quoi ?

— Je te l'ai dit ! Contente-toi de...

Angel flanqua un direct à Giles.

— Je ne peux pas le frapper chaque fois qu'il revient à lui !

— Je sais, dit Willow. Mais il *doit* rester inconscient. Sinon, il créera d'autres dinosaures.

— Je n'y comprends rien, dit Angel. J'ai tout saisi à propos des dinosaures et du démon, mais je dois assommer Giles parce qu'il peut *créer* des dinosaures ?

— Nous t'expliquerons plus tard, c'est trop compliqué, éluda Alex. Il te faudra nous faire confiance.

Angel eut un petit sourire narquois.

— Je veux bien me fier à Willow. Mais à toi ?

La jeune fille soupira d'exaspération.

— Vous ne voudriez pas arrêter de vous chamailler comme un vieux couple ? C'est une affaire *sérieuse* !

Elle avait raison. Angel se tourna vers le dinosaure. Enorme, il rappelait un lézard géant affublé d'une tête et d'un bec de perroquet. Dire que le vampire croyait avoir tout vu... Dieu, que ce monstre était laid !

— Pourquoi ne pas le tuer, tout simplement ?

Alex secoua la tête.

— Crois-moi, je ne demanderai pas mieux que de refroidir ce reptile pour voler au secours des autres, mais c'est impossible. Les quatre esprits doivent être réunis.

— Ce monstre abriterait trois esprits démoniaques, et il y en aura bientôt un de plus ?

Willow acquiesça.

— Celui qui possède le Tyrannosaurus Rex. A l'instant où il mourra, cette créature deviendra encore plus dangereuse ! Voilà pourquoi nous devons rester... Et ne pas l'abattre tout de suite.

Le Tyrannosaurus Rex... Angel était un peu perdu. Bizarrement, bien qu'il tournât comme un lion en cage, le – comment l'avait appelé Alex ? – timinus semblait intelligent. Pour le vampire, cela ne faisait aucun doute : la bête était possédée. On eût dit qu'elle les observait de ses petits yeux mauvais, les défiant ouvertement de frapper encore Giles.

A moins que ce monstre ne sente ma présence...

— Je ne peux pas laisser Giles revenir à lui et tuer ce timi-machin dès maintenant est exclu, résuma-t-il. Alors, que nous reste-t-il ?

— La foi ! répondit Willow avec une fausse gaieté. D'une seconde à l'autre, Buffy et Oz auront renvoyé le tyrannosaure à son extinction millénaire.

— Et comment le saurons-nous ?

— Quand Timmy deviendra… encore plus méchant.

— Ouais, renchérit Alex. *Beaucoup* plus !

— Buffy et Oz… vous êtes sûrs qu'ils s'en sortiront ?

— Absolument, répondit Willow.

Le vampire en eut les tripes nouées…

Les deux amis humains de Buffy n'avaient vraiment pas l'air convaincu.

CHAPITRE XV

— Il va nous rattraper !

La voix de Buffy trahissait son appréhension, mais quelle importance ? Que le dinosaure sente sa peur et agisse en conséquence ne les aiderait pas à courir plus vite. Ils s'engouffraient dans les salles, en ressortaient, montaient et descendaient des escaliers avec l'espoir fou de semer leur poursuivant.

Sans succès.

Par bonheur, Oz avait un plan.

Ayant de plus longues jambes, Buffy courait invariablement en tête. Mais elle ne pouvait s'empêcher de regarder par-dessus son épaule pour vérifier qu'il n'avait pas été transformé en snack à dino... De plus, elle hésitait souvent, perdant de précieuses secondes par-ci par là. Aussi forte et intelligente fût-elle, la Tueuse n'était pas dans son élément.

Au contraire d'Oz. Lui avait l'intention de gagner la partie.

La pleine lune ne se lèverait pas avant des semaines, mais ses instincts de loup-garou étaient inscrits dans ses gènes. Un humain normal n'aurait pas tenu la distance lors d'une course aussi effrénée.

Oz n'était pas un humain normal. A l'instar du loup, il pouvait courir des heures sans fatigue, jusqu'à ce que sa proie meure d'épuisement ou tombe dans un piège.

Le jeune tyrannosaure ne le savait pas… C'était le programme d'Oz à son intention !

Au milieu des odeurs âcres des nettoyants industriels, des centaines de lycéens fréquentant l'établissement, de leurs chaussures de sport et de leurs déjeuners oubliés au fond des casiers, Oz capta celle de l'eau traitée par un procédé chimique.

— Suis-moi ! cria-t-il.

Buffy ne protesta pas quand il dévala en courant l'escalier aux murs gris. Ils poussèrent la lourde porte métallique qu'Oz claqua… au nez de Bébé Dino. N'appréciant pas l'humour de la situation, celui-ci brailla d'indignation. Le battant ne résisterait pas longtemps, mais les fuyards avaient besoin de quelques précieuses minutes d'avance.

— Je suis… ouverte à… toutes les suggestions ! haleta Buffy.

— J'ai un plan, répondit Oz. Par là !

— Tu es sûr que nous ne ferions pas mieux de nous arrêter pour combattre ?

Leurs tennis couinaient sur le sol carrelé.

— Pas encore !

La double porte de la piscine se dressait devant eux.

Ils la franchirent sans ralentir, s'arrêtant au bord du bassin olympique. L'air était saturé de chlore.

Oz se tourna vers Buffy.

— Les produits chimiques l'empêcheront de nous renifler. Il comprendra trop tard que nous ne sommes plus devant lui, mais derrière !

Par la porte vitrée, il vit le Tyrannosaurus Rex négocier maladroitement l'escalier, puis hésiter. Si son odorat ne le renseignait plus de manière fiable, sa vue restait perçante. Détectant un mouvement, il chargea.

Oz attrapa un tuyau bleu de piscine et lança l'autre extrémité à Buffy, qui le rattrapa au vol.

— Passe le bout dans la rampe ! ordonna-t-il. *Vite !*

Buffy obéit ; Oz fit de même de son côté. Sous les pattes du dinosaure qui accourait, le sol tremblait.

— Dès qu'il arrivera, nous tendrons le tuyau pour le faire basculer dans la piscine... Après, il faudra l'empêcher d'en sortir jusqu'à ce qu'il se noie.

— Il ne sait pas nager ?

— Je doute qu'il puisse, avec ses antérieurs ridicules.

— J'espère que tu as raison !

Buffy avait à peine terminé sa phrase quand le Tyrannosaurus Rex percuta la double porte. Un des battants rebondit contre le mur. L'autre sortit de ses gonds. L'animal avait pris tellement d'élan qu'il n'aurait pas pu s'arrêter, même s'il avait deviné le sort qu'on lui réservait.

— *Maintenant !* cria Oz.

Les deux jeunes gens tirèrent et tendirent le tuyau au-dessus des genoux du tyrannosaure. Le monstre bascula, atterrissant sur le carrelage avec assez de force pour troubler la surface de l'eau. Il laissa une traînée de sang derrière lui, car il s'était fracturé la mâchoire en tombant. Le carrelage de la piscine étant beaucoup plus glissant que celui des couloirs et des escaliers. Ses serres ne trouvant aucune prise, il creva l'onde avec un *plouf !* formidable.

— Il faut qu'il reste là ! cria Oz, attrapant une perche. Fais l'impossible, mais ne le laisse surtout pas aller là où c'est moins profond !

Le tyrannosaure bondit hors de l'eau et... manqua de peu le bord du bassin. Oz préférait ne pas songer à la puissance de postérieurs capables de le propulser à une telle hauteur, alors qu'il avait un mètre cinquante de liquide au-dessus du crâne...

Avec de la chance, le monstre ne se douterait jamais qu'il existait un « petit bain »...

Buffy se saisit d'une brosse équipée d'une tête en

métal et la mania comme une batte de base-ball. Son swing cueillit le dinosaure à la nuque ; il coula avec un cri qui tenait du glapissement et du gargouillis.

Quand il refit surface, les deux amis diagnostiquèrent chez lui un manque certain de vigueur. Oz aurait parié que soulever un tel poids exigeait une dépense considérable d'énergie. Même si les griffes de ses antérieurs laissaient de profondes entailles au fond du bassin, elles n'étaient pas assez solides pour le hisser au sec.

Plus le Tyrannosaurus Rex se débattait, plus ses cris faiblissaient. Enhardie par ce demi-succès, Buffy prit un filet de nettoyage et le lança sur le monstre, qui s'écarta du bord. De nouveau, il coula.

Quand il creva la surface une troisième fois, son saut l'amena à l'autre bout du bassin.

— *Non !* cria Oz. Il faut l'empêcher d'aller par là !

Ils coururent le long de la piscine, chacun d'un côté. Le dinosaure n'était plus qu'à quelques mètres de la ligne de bouées séparant les deux bassins. S'il y arrivait, il s'apercevrait qu'il pouvait marcher... tout en gardant la tête hors de l'eau.

Alors, les humains seraient perdus.

— Je doute que ce fil de nylon puisse l'arrêter ! cria Buffy.

La jeune fille fit voltiger son « arme ». Quand le crâne du Tyrannosaurus Rex émergea, elle réussit à l'attraper dans le filet qui pendait de sa perche flexible. Les mailles restèrent accrochées à une corne. Buffy tira. Le filet se resserra. La tête métallique de la brosse pénétra dans la chair, sous la mâchoire. Pesant de tout son poids, la Tueuse s'efforça de tirer sa « prise » vers le grand bain.

— Je t'ai eu, gros vilain... aaaah !

Elle bascula dans l'eau.

— Buffy ! cria Oz.

La Tueuse refit surface. Il lui tendit la perche dont il s'était armé.

— Attrape ça ! Fais attention à ses dents !

Par bonheur, le tyrannosaure était davantage concerné par sa survie que par la Tueuse qui s'agitait à quelques mètres de lui. Le filet avec lequel Buffy lui avait littéralement « cloué le bec » était toujours en place. Il ne pouvait plus respirer par la bouche, aspirant de grandes goulées d'air chaque fois qu'il réussissait à sortir la tête de l'eau.

Désormais, ce qu'il inspirait par les narines – en même temps que du liquide chloré – ne suffirait plus.

Ses immersions s'allongeaient... Mais il remontait toujours, refusant d'abandonner la lutte.

Alors, Oz eut du mal à en croire ses yeux. Dédaignant la perche qu'il lui tendait, Buffy prit une profonde inspiration, saisit la bête par les cornes et plongea, l'entraînant vers le fond. Le démon se tortilla pour aspirer de l'air dans un environnement qui n'en contenait pas – pour lui, tout au moins. Il réussit à remonter à la surface une dernière fois, mais la Tueuse l'attira de nouveau à sa perte.

La piscine redevint presque lisse, comme si rien ne s'y était passé.

— Buffy ? lança Oz, cherchant à distinguer son amie sous la carcasse qui flottait entre deux eaux.

Rien.

— *Buffy !*

Il lâcha sa perche et s'apprêtait à plonger quand la tête de la jeune fille creva la surface à un mètre à peine du bord. Oz lui tendit la main. Cette fois, elle accepta son aide.

Les vainqueurs observèrent le monstre mort. Les courants créés par la bataille aquatique le faisaient dériver vers le petit bain.

La surface redevint lisse comme un miroir.

Buffy ne quittait pas le monstre des yeux.

— Je me demande s'il fait le mort…

— Je ne crois pas, répondit Oz. Mais il arrive qu'on puisse sauver un noyé en le remontant à temps à l'air libre. Grâce à une poche d'air dans les poumons, en fait, ces miraculés ne sont pas tout à fait passés de l'autre côté…

« Si ce dinosaure nous fait le même coup…

Buffy hocha la tête.

Un long moment, ils regardèrent le tyrannosaure noyé, se demandant comment Willow, Alex et Giles s'en sortaient à la bibliothèque.

— Il n'est *pas question* que je l'assomme une troisième fois ! annonça Angel. Il pourrait avoir une commotion cérébrale ou que sais-je !

C'est vrai, pensa Willow.

Mais que tenter d'autre ?

— J'ai trouvé ! cria-t-elle.

Elle se précipita vers l'ordinateur et débrancha le cordon qui reliait l'unité centrale au moniteur.

— Attache-le avec ça !

— C'est parfait, mais comment l'empêcherons-nous d'incanter ? demanda Alex.

Il avait encore raison… Willow courut derrière le comptoir et brandit victorieusement un rouleau d'adhésif.

— Ça devrait faire l'affaire !

— J'aurais dû me contenter de l'emmener loin d'ici, marmonna Angel en ligotant le bibliothécaire inconscient.

— Je te signale qu'il y a un énorme Tyrannosaurus Rex en liberté dans le ly…

Alex n'eut pas le temps de finir sa phrase.

Dans la cage, le timinus devint fou.

Il se jeta de toute sa masse contre la grille avec assez

de force pour faire sursauter les trois amis. Ses cris étaient si stridents que Willow en eut mal aux oreilles.

A voir leurs têtes, Angel et Alex n'appréciaient pas davantage le tintamarre.

Pire encore : le comportement de la créature agissait comme un déclencheur sur Giles. Alors que Willow cherchait l'extrémité du ruban adhésif, l'Observateur revint à lui. Il ouvrit les yeux en grand et se redressa. Les premiers mots de l'incantation jaillirent de sa bouche.

— Entendez cet appel, esprits de Ladonithia !

Son accent n'avait jamais été si froidement… britannique.

— Réveillez-vous et venez habiter cet hôte glacé, le premier de quatre, auxquels…

Willow déchira un grand bout d'adhésif et le lui plaqua sur la bouche.

Giles lutta avec une force surprenante pour l'arracher. Mais le vampire le ceintura et tint bon. En désespoir de cause, Willow fit plusieurs fois le tour de la tête du bibliothécaire. Alex grimaça en voyant les cheveux de l'Observateur pris sous l'adhésif.

— Bon sang ! cria-t-il pour couvrir les hurlements du démon. Je n'aimerais pas être à sa place quand il l'enlèvera !

Le timinus se jeta de nouveau contre la grille de sa prison, faisant trembler les gonds. Willow tressaillit.

— Il n'en aura pas l'occasion si nous n'éliminons pas cette calamité !

— Je croyais qu'il ne fallait pas le tuer ! cria Angel.

— Nous devions attendre que le quatrième esprit ait rejoint les autres !

Willow était tout près du vampire, pourtant ils avaient du mal à s'entendre.

— A voir le comportement de ce « bébé », je dirais que Buffy et Oz sont venus, ont vu, et ont vaincu !

— Tu l'as dit ! lança Buffy, qui était apparue comme par enchantement sur le pas de la porte.

Angel, Willow et Alex se tournèrent vers elle avec un bel ensemble. La jeune fille avança vers Giles, qui se tortillait comme un ver pour se débarrasser de ses liens. Elle était trempée de la tête aux pieds. Ses vêtements lui collaient à la peau… Qu'importait ? Elle était saine et sauve, ainsi que ses amis.

Mais Giles… Le voir ainsi rendit la Tueuse furieuse. Ses combats contre les dinosaures l'avaient vidée – sans parler de ses habits, fichus en l'air. Mais quand elle baissa les yeux sur son Observateur, elle sentit revenir sa combativité, son entêtement et sa volonté, comme si on l'avait connectée à un chargeur.

Tournant la tête, Buffy jeta un regard noir au dinosaure enfermé dans la cage aux armes. Depuis son arrivée à Sunnydale, beaucoup de créatures lui avaient inspiré une haine farouche… Mais celle-là remportait la palme ! Giles souffrait comme un forcené, l'esprit submergé par l'entité, qui n'avait même pas la décence de ressembler tout à fait aux dinosaures connus !

— Que faire ? demanda Alex. Nous taillons cette créature en pièces à mains nues ? Nous n'avons pas d'arme…

Il marquait un point. Avoir enfermé le timinus dans l'armurerie n'était pas très malin… Mais comment deviner qu'il grossirait à vue d'œil et passerait en mode « tueur » en un battement de cil ?

Cinq secondes plus tard, la question de l'armement ne se posa plus. Le nouvel assaut du timinus contre les barreaux se solda par un succès. Buffy et ses amis s'avisèrent que plus rien ne se dressait entre eux et l'arsenal rassemblé par Giles contre les démons et autres vampires.

Mais il n'y avait plus rien entre eux et le démon-dinosaure non plus…

Le temps parut se figer. Tout sembla évoluer au ralenti, le timinus restant… *bête* – comme l'animal démesuré et pas très futé qu'il était censé être. Hélas, même les prédateurs à la cervelle de la taille d'une noix avaient un instinct infaillible – sans compter que celui-là bénéficiait des mauvais conseils de quatre esprits démoniaques !

Le dinosaure sembla se demander comment on marchait sur une surface aussi instable. Puis son attention se focalisa sur Angel, qui faisait un bouclier de son corps à Giles…

Le monstre avait fait deux pas sur le plancher – qui ne jouait pas au trampoline sous son poids – quand Buffy vit les muscles de ses cuisses se contracter. Il allait bondir sur le vampire, l'unique obstacle entre lui et l'humain chargé de réciter l'incantation qui lui rendrait sa liberté !

— *Eh !* s'époumonna-t-elle, agitant les bras comme une girouette ivre.

Le timinus tourna la tête. Désarmée, elle fit deux pas dans sa direction, feignant de le défier pour retenir son attention. Alors que Willow et Alex reculaient prudemment, elle constata avec joie que le monstre était moins gros qu'un tyrannosaure.

— Euh, Buffy… ? « murmura » très fort Alex. C'est quoi ces… bosses… qui lui poussent sur les épaules ?

Des bosses ?

Oh, ces trois choses qui ressemblaient à des abcès enflant à vue d'œil… Le dernier Tyrannosaurus Rex était affublé de cornes improbables. Peut-être le timinus subissait-il également une mutation ?

— Angel, dit Buffy sans quitter des yeux le démon, réglons-lui son compte avant que ses trois têtes n'aient entièrement poussé.

Quand le vampire se baissa pour prendre le bibliothécaire dans ses bras, le regard du timinus revint immédiatement se poser sur lui. Buffy comprit que leur adversaire ne se laisserait pas distraire. Il voulait une seule chose : Giles.

Avec un cri assourdissant, il sauta sur les deux hommes, renversant les piles de livres qui se dressaient sur son chemin. Mais Angel était rapide. Il avait senti venir l'attaque. Il souleva l'Observateur par le col de sa veste, le tira jusqu'au comptoir et l'abandonna derrière. Puis il se retourna pour faire face au démon.

Celui-ci tendit le cou, cherchant à lui arracher la tête comme un perroquet géant qui mord dans un fruit. Angel esquiva le bec énorme. Mais vampire ou pas, Buffy savait qu'il ne tiendrait pas longtemps. Avec son corps d'autruche démesurée et sa puissante musculature, le timinus était fait pour ce genre d'attaque. S'il arrivait à ses fins...

Angel aurait un peu de chair morte en moins.

Des projectiles improvisés volèrent à la tête du dinosaure. Willow et Alex lui jetaient tous les livres qui leur tombaient sous la main. Ignorant leurs tentatives dérisoires, le monstre attaqua de nouveau Angel.

Buffy lui flanqua un coup de chaise sur le museau.

Le timinus glapit, et se tourna pour la mordre. Il en fut pour ses frais.

Angel profita de ces précieuses secondes de répit pour sauter derrière le comptoir. Buffy le vit se relever avec le plateau d'une table métallique.

— Ça devrait faire l'affaire, dit-il, la maniant comme un gladiateur son bouclier. Vas-y !

Le vampire désignait la cage d'un geste pressant. S'emparant d'un pot à crayons, il le jeta à la tête du démon pour attirer son attention. Le coupe-papier et les ciseaux volants lui entaillèrent le cou et les épaules. Braillant de surprise, il ne se fit pas prier pour revenir à sa première cible. Mais à peine avait-il tourné la tête qu'un livre lui rebondit sur le crâne.

Le monstre devait se faire l'effet de la cible, au jeu de fléchettes.

Buffy courut vers la cage. Par prudence, elle enjamba la grille arrachée à ses gonds.

Plantée devant le placard, elle connut d'interminables secondes d'indécision : quelle arme serait la plus efficace contre ce démon ? Ses ancêtres se seraient servis d'un gourdin. Mais Buffy était une femme moderne. Elle n'avait pas de temps à perdre avec des méthodes de Néanderthal !

La Tueuse s'empara de l'arbalète.

Angel, Willow et Alex braillaient, le timinus poussait des cris stridents… Malgré leur agitation, Buffy se sentait froide comme une lame. C'était *son* monde, pas celui du dinosaure. Il n'avait pas sa place ici.

Au contraire d'Angel, de Giles et tous ceux que la Tueuse aimait.

Elle réglerait son compte à ce démon-dino une bonne fois pour toutes !

Elle sortit en trombe de la cage, d'une humeur massacrante. Le « bouclier » d'Angel avait encaissé une pluie de coups de bec. Le vampire résistait vaillamment, mais il lui en coûtait de plus en plus.

— Tête d'oiseau ! lança Buffy.

Elle n'avait pas haussé le ton pour couvrir le vacarme. Pourtant, le timinus l'entendit et capta quelque chose de… *différent*. Il tourna le dos à Angel, sa queue balayant une rangée de livres. Ses trois appendices supplémentaires, déjà hauts d'une quinzaine de centimètres, se balançaient sur ses épaules, tels des serpents aveugles. La tête principale s'immobilisa en la voyant.

— Angel ! cria la Tueuse.

Le vampire plongea derrière le comptoir.

Buffy décocha son carreau.

La pointe s'enfonça entre les deux yeux du timinus,

lui traversant le crâne. Quand le carreau ressortit de l'autre côté et ricocha sur le comptoir, des lambeaux de chair y laissèrent une traînée sanguinolente.

Une seconde pétrifié, le dinosaure s'affaissa comme un gigantesque cygne foudroyé.

Angel jeta un coup d'œil par-dessus le comptoir.

— Beau tir…, fit-il, admiratif.

Prudente, Buffy approcha du timinus et encocha un autre carreau. Willow et Alex avancèrent à leur tour. La Tueuse n'était plus qu'à un mètre de la carcasse quand la créature rouvrit le bec et lâcha un cri effroyable. Buffy leva son arbalète…

Trop tard. Le dinosaure explosa dans un nuage de poussière rouge.

— Peu importe d'où on vient, on dirait qu'on finit tous de la même manière, murmura Angel.

Buffy allait répondre mais Willow la battit de vitesse.

— Buffy… Où est Oz ?

— Ici !

Venant d'entrer, le jeune homme jeta un coup d'œil aux restes du timinus.

— Qui va chercher l'aspirateur ? demanda Alex.

— Le Tyrannosaurus Rex ? répliqua Buffy.

Oz haussa les épaules.

— Je lui ai accordé trois minutes, pour être sûr qu'il était bien mort.

— Seulement trois minutes ? répéta Willow. Peut-être qu'un peu plus…

— Non, assura Buffy en souriant. Un démon mort n'en vaut pas plus.

ÉPILOGUE

— Bon sang, vous auriez dû voir la tête de l'entraîneur Lannes quand il a découvert toute cette saleté au
fond de sa piscine chérie ! s'exclama Alex. Si quelqu'un peut frôler l'overdose de fureur, c'est bien lui !
Son humeur massacrante devrait durer jusqu'en 2020 !

La Tueuse et ses amis avaient passé le reste de la
nuit à nettoyer la bibliothèque. Angel restant dans
l'ombre, Buffy et sa bande étaient réunis autour de la
table le temps d'une pause bien méritée.

— Il a disparu de la même manière que le timinus,
comprit Buffy. Il est tombé en…

— … Poussière, acheva Willow. L'entraîneur a fait
savoir que la piscine devait être vidée et le filtre
changé. S'il met la main sur les coupables d'un tel acte
de vandalisme… Ça chauffera pour leurs matricules !

La jeune fille haussa les épaules.

Alex se pencha et ajouta :

— Je l'ai entendu projeter de remplacer les intestins
de ces petits malins par des tuyaux de piscine… Une
chance pour nous : tout le monde croit que les dégâts
sont l'œuvre de vandales.

La Tueuse sourit.

— Nous pouvons donc raisonnablement penser que
le cadavre du tyrannosaure que nous avions laissé dans
la ruelle a disparu aussi.

Angel croisa les bras.

— Aux dernières nouvelles, personne n'a découvert quelque chose d'insolite ou d'extraordinaire dans cette ruelle... De plus, la presse a mentionné la disparition de pièces du dossier Addison. Genre cadavre de dinosaure...

— La police a lié les décès de Kevin et des gardes du musée à celle de Daniel, dit Alex. Ces morts violentes seraient le fait d'une bête sauvage. Ça explique aussi la disparition de plusieurs animaux domestiques.

Buffy hocha la tête, intriguée par le silence anormal d'Oz. Il n'était pas expansif de nature, mais à ce point...

— A quoi penses-tu, Oz ?

— A quel propos ?

Buffy haussa les épaules.

— A propos de la manière dont les choses ont commencé, et pourquoi. Il doit y avoir des motivations derrière tout ça, non ? Kevin et Daniel étaient des garçons normaux, qui s'intéressaient à des trucs de mecs...

— Je te demande pardon, coupa Alex. Les voitures, les filles, le sport, ça ce sont des trucs de mecs normaux. Mais les lézards géants ? Laisse-moi rire !

— Tous les garçons n'ont pas les mêmes centres d'intérêt, intervint Willow.

— Peut-être, concéda son ami. Mais être obsédé par les dinosaures n'est pas sain. Les filles et les voitures, d'un autre côté...

— Pas nécessairement non plus, coupa Willow.

Elle se pencha pour regarder un objet, posé devant Oz. Buffy reconnut le cahier retrouvé au musée. Willow le feuilleta ; les pages étaient couvertes d'une écriture soignée.

— C'était à Kevin Sanderson, dit Oz.

— Tu l'as lu ? demanda la Tueuse.

— Oui. J'ai cru comprendre qu'il suivait les directives de Daniel, qui lui-même exécutait les ordres du démon. N'ayant jamais vu le journal que Daniel a déniché dans la cave du musée, j'ignore ce qui s'est réellement passé il y a soixante ans. Mais d'après ce qu'a écrit Kevin, le démon soumet ses victimes à d'infernales tentations en leur offrant tout ce qu'elles désirent. Ce menteur patenté a un curieux sens de l'humour, en tout cas...

Il se tut, car Giles sortait de son bureau.

— Daniel Addison était une victime toute trouvée, ajouta l'observateur. Si je me souviens bien, son dossier stipulait qu'il ne pensait jamais par lui-même.

— Il n'était « pas disposé à travailler pour réussir », cita Willow. Et il ne pensait pas vraiment par lui-même, c'est un fait...

— Le démon lui a donné un coup de pouce..., renchérit Buffy, attristée.

— Oui, commenta Alex. Une « petite mésaventure » qui a encore failli provoquer une catastrophe planétaire !

— Le démon tenait Daniel avec ses promesses mirobolantes, dit Oz. Le cahier de Kevin fourmille de remarques sur le comportement de son partenaire... Je suppose qu'il aurait pu en faire également sur le sien, quand le démon l'a possédé à son tour.

— Kevin aussi était une victime toute trouvée, confirma Willow. Nouveau en ville, il n'avait pas d'ami... La proie rêvée pour un démon menteur comme pas un, puisqu'il n'avait nullement l'intention de remplir sa part du marché. Il s'est servi d'eux pour recouvrer sa liberté.

Giles hocha la tête.

— Avec un adulte aguerri comme moi, il a eu plus de mal. Il ne m'a rien promis de fantaisiste.

Personne ne parla pendant un moment. Buffy regarda Angel, qui hocha la tête avant de s'éclaircir doucement la gorge.

— Euh, Oz... J'étais présent, rappelle-toi, quand

vous avez rencontré cette femme, l'impresario, au *Bronze*… (Le musicien hocha la tête.) Eh bien… J'ai fait ma petite enquête, Traîné un peu chez Willy en posant les bonnes questions aux bonnes personnes…

Le vampire baissa les yeux, mal à l'aise.

— J'ai appris certaines choses…

Oz lâcha un énorme soupir.

— Crache le morceau !

Angel haussa les épaules avec une nonchalance qu'il était loin de ressentir. Il n'avait vraiment pas envie d'être mêlé à ça.

— Elle s'occupe de plusieurs groupes. Des jeunes prometteurs, comme les Dingoes. J'ai contacté mes obligés et…

— Et ? répéta Oz.

— Ça n'est pas très brillant, admit Angel. Aucun groupe n'a dépassé le stade des tournées dans les petits clubs provinciaux. Pourtant, certains de ses clients sont avec elle depuis des années.

— Alors, fit Oz, ses belles promesses, c'est du vent ?

Angel se frotta les mains, de plus en plus mal à l'aise.

— J'ignore si elle ne peut pas faire accéder les gens à la célébrité ou si elle *ne le veut pas*. Certains de ses poulains… enfin, beaucoup… ont sombré dans le désespoir et la drogue. Le contrat qu'elle leur a fait signer stipule qu'ils sont incapables de gérer leurs biens. C'est une sorte de mise sous tutelle. Ainsi, elle les dépouille en toute légalité. Elle leur prend tout, affirmant qu'une partie de l'argent lui sert à régler leurs dépenses et qu'elle place le reste. D'après la rumeur, elle fournit la drogue, pour que les pauvres bougres continuent de coopérer. La plupart n'ont plus eu un centime en poche depuis une éternité.

— Oh, lâcha Alex. Pas bon du tout ! Ça n'est pas

comme ça qu'elle gagnera le prix du Meilleur Impresario de l'Année.

Il avait l'air déçu. Buffy se souvint qu'Alysa Barbrick lui avait promis une place dans son équipe.

Angel hocha la tête.

— Elle leur fait mener une existence précaire. Une vie pas très heureuse, d'après ce que j'ai entendu dire… Pourtant, malgré son incompétence, elle a beaucoup de… clients.

— Je savais que quelque chose clochait…, admit Oz. Willow aussi a mené sa petite enquête sur Internet. Ce qu'elle a trouvé n'avait rien de brillant non plus.

Willow lui adressa un regard plein de sympathie.

— Alysa n'a pas menti : elle n'a pas de page web. Mais des messages anonymes, un peu partout, ne laissent planer aucun doute : signer avec elle, c'est comme s'enrôler dans une armée du Tiers Monde… pour la vie. La règle d'or : tout donner et ne rien recevoir.

— Elle fait des esclaves de ces types, résuma Buffy. Des prisonniers.

— C'est sans doute le cas, dit Giles. Si cette mante religieuse s'approprie ce qu'ils gagnent, ils dépendent d'elle pour tout : nourriture, vêtements, logement… et Dieu seul sait quoi d'autre. Elle fait ce qu'il faut pour les tenir en laisse.

— Bon sang ! souffla la Tueuse.

Elle regarda Giles, puis baissa les yeux sur le cahier posé sur la table, cachant sa gratitude.

— Il faut vraiment faire gaffe avant de se choisir un mentor ! conclut-elle.

— Ça oui ! renchérit Oz, le regard dans le vague.

La journée avait passé étonnamment vite – trop. Pour Oz, en général, les cours traînaient en longueur. Son cerveau absorbait les informations fournies par ses professeurs – rarement à la hauteur de ses attentes.

Mais aujourd'hui, l'univers entier semblait conspirer contre lui. On eût dit que les Pouvoirs Qui Sont avaient accéléré le temps dans le seul but de le tourmenter.

Tout ça parce qu'il redoutait son rendez-vous de l'après-midi…

La cloche sonna le glas de son dernier cours. Il n'y avait plus d'obstacle entre son avenir et lui.

Excepté, peut-être, Alysa Barbrick…

Quand il arriva à la bibliothèque, elle était déjà là, toujours aussi grande, mince et… impatiente. Mais si ses tenues noires moulantes pouvaient passer au *Bronze*, dans un lycée, elles étaient déplacées.

Alysa se tenait à côté d'une pile de documents, posés sur la table – sans doute les contrats établis pour les Dingoes, Alex et Willow. Peut-être même n'avait-elle pas renoncé à… vampiriser… Angel.

— Salut, Oz, dit-elle.

— Salut.

Il tira une chaise et s'assit.

— Comment allez-vous ?

— J'ai apporté les contrats. Vous verrez, tout est en ordre. Signez à la page huit, nous pourrons ensuite commencer à travailler. Où sont les autres ?

Oz aperçut Giles, debout sur le seuil de son bureau. Après la conversation qu'ils avaient eue le matin, il ne pouvait le blâmer de vouloir être là, au cas où. Cette femme était susceptible d'ajouter quelques lignes à la définition du mot « sournoiserie ».

— Eh bien ? demanda Alysa.

— Ils ne viendront pas.

La jeune femme croisa les bras, très raide et aussi dangereuse qu'une bombe à retardement.

— Je vois. J'en conclus que vos amis et vous n'êtes pas convaincus de devoir accepter mes services.

— Nous avons pris notre décision…

C'était la vérité. Il avait parlé à Devon et aux autres

218

à l'heure du déjeuner. Tous étaient d'accord. Devon avait haussé les épaules ; ils auraient plus de chance la prochaine fois. De plus, ses parents avaient mal réagi quand il avait parlé d'abandonner ses études pour partir en tournée. Malgré ses efforts pour aborder le sujet en douceur, son père avait menacé de vendre sa voiture. Et quel chanteur pouvait se permettre de ne pas avoir de moyen de transport ?

— Nous continuerons à gérer les Dingoes nous-mêmes.

Il aurait pu jurer qu'Alysa Barbrick avait tressailli.

— Vraiment… (Elle reprit la parole d'un ton glacial.) Quel dommage ! J'avais de grands projets pour vous.

Oz posa sur elle un regard indéchiffrable.

— Ça, je veux bien le croire.

Un muscle de la mâchoire de la jeune femme tres-sauta.

— Y a-t-il une raison particulière à votre refus ? Quelqu'un vous a-t-il donné… de mauvaises impressions ?

Angel sortit des ombres.

— Il semble que ce soit monnaie courante, dit-il, faisant sursauter Alysa. Je veux parler des mauvaises impressions…

— Je vois.

La jeune femme était livide de colère.

— Et d'où viennent ces… ragots ?

— Oh, d'un peu partout, répondit le vampire en ins-pectant nonchalamment ses ongles.

Oz regarda les émotions se succéder sur le visage d'Alysa. Mais il n'était pas aussi fort qu'Angel à ce jeu-là. Comme à beaucoup d'autres. A sa décharge, il n'avait pas vécu plus de deux cent cinquante ans…

Et ça ne m'arrivera jamais.

… Alors il n'avait rien à se reprocher.

— J'avais cru comprendre que vous nous proposiez une association. Nous faisions de la musique et vous nous trouviez des engagements.

— Oui, et alors… ?

— Alors ? Vos références laissent à désirer, coupa Angel. Les qualifier de « douteuses » serait encore généreux.

— Bien, dit-elle d'un ton sec, rassemblant ses documents. Inutile de continuer cette conversation. J'ai mieux à faire que de perdre mon temps avec un groupe inconnu de lycéens.

— Vraiment, fit le vampire. Quoi, par exemple ? Vous procurer certaines… substances illicites pour vos poulains ?

Alysa se redressa.

— Faites attention, jeune homme. Accuser sans preuve est de la diffamation.

— Oh, mais je n'accuse personne, dit Angel. C'était une hypothèse.

Alysa lui jeta un regard noir.

— Je vous donne une dernière chance, Oz…

— De quoi ? De nous passer nous-mêmes les fers aux poignets ?

L'impresario eut l'air choqué, comme si personne avant Oz n'avait touché du doigt qui elle était vraiment.

— Je ne retiens pas mes clients. Ils peuvent reprendre leurs billes à tout moment.

Elle ramassa ses affaires, veillant à ne laisser aucun document compromettant.

— Peut-être nous reverrons-nous ? lança-t-elle à Oz.

Elle foudroya Angel du regard et sortit.

— J'espère que non, répondit Oz pendant que le vampire et lui regardaient la jeune femme s'éloigner.

Il repensa à Kevin Sanderson. Pour son plus grand malheur, il avait suivi Daniel Addison aveuglément.

— J'espère bien que non.

220

— Bon sang, quel foutoir ! gémit Bob Norrell.

Son collègue, Fred Vaughn, et lui étaient immobiles sur le seuil du bureau de Daniel Addison, abasourdis par le chaos. Il y avait des papiers partout. Les tiroirs renversés jonchaient le sol.

— Jamais vu un capharnaüm pareil ! ajouta Bob. Quelle semaine, mes aïeux… Pourtant, je travaille ici depuis vingt-trois ans ! Des gens assassinés, de la poussière rouge au milieu des expositions… Il faudra des lustres pour tout nettoyer et remettre en ordre. C'est à se demander ce qui se passe ici !

Moins âgé que son collègue, Fred hocha la tête. Il l'avait appris depuis longtemps ; quand Bob Norell disait quelque chose, mieux valait abonder dans son sens. Sinon, gare aux conséquences ! Bob pouvait radoter sur le même sujet des jours durant. Qu'il ait tort ou raison n'y changeait rien. L'épouse de Fred, enceinte, le rendait assez dingue comme ça.

— Oui, tu as raison.

— Allons-y, dit Bob.

Il tendit un carton à Fred.

— Les flics ne veulent pas voir ses affaires ?

— Ils l'ont déjà fait, répondit Bob, haussant les épaules. Devine qui a mis un pareil foutoir ?

Fred hocha de nouveau la tête et se baissa pour ramasser des papiers. Il y avait des ronds propres sur les étagères poussiéreuses, aux endroits où avaient trôné divers fossiles. L'administration du musée avait repris tout ce qui lui appartenait. Le reste finirait à la cave.

— C'est quoi, ça ? demanda-t-il en ramassant un carnet à la couverture en cuir très abîmée. On dirait que ça a été brûlé.

Bob jeta un coup d'œil à la trouvaille et haussa les épaules.

— Aucune idée. Fourre-le dans le carton. Nous descendrons tout à la cave, histoire d'amuser les souris. Ça leur tiendra compagnie. Dans cinquante ou soixante ans, un pauvre bougre devra faire le tri, mais ce ne sera plus notre problème.

— Oui. A son tour de trouver une utilité tout ça !

Achevé d'imprimer sur les presses de

BUSSIÈRE

GROUPE CPI

*à Saint-Amand-Montrond (Cher)
en mai 2002*

FLEUVE NOIR
12, avenue d'Italie
75627 Paris Cedex 13
Tél. : 01-44-16-05-00

— N° d'imp. 22838. —
Dépôt légal : juin 2002.

Imprimé en France